Deseo™

Confesiones de una amante

ROBYN GRADY

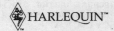

HARLEQUIN™

Editado por HARLEQUIN IBÉRICA, S.A.
Núñez de Balboa, 56
28001 Madrid

I.S.B.N.: 978-84-671-7985-9
Depósito legal: B-16592-2010
Editor responsable: Luis Pugni
Preimpresión y fotomecánica: M.T. Color & Diseño, S.L.
C/ Colquide, 6 portal 2 - 3º H. 28230 Las Rozas (Madrid)
Impresión y encuadernación: LITOGRAFÍA ROSÉS, S.A.
C/ Energía, 11. 08850 Gavá (Barcelona)
Fecha impresion para Argentina: 20.12.10
Distribuidor exclusivo para España: LOGISTA
Distribuidor para México: CODIPLYRSA
Distribuidores para Argentina: interior, BERTRAN, S.A.C. Vélez
Sársfield, 1950. Cap. Fed./ Buenos Aires y Gran Buenos Aires,
VACCARO SÁNCHEZ y Cía, S.A.
Distribuidor para Chile: DISTRIBUIDORA ALFA, S.A.

Capítulo Uno

–No te pongas nerviosa, pero el guapísimo del esmoquin te está desnudando con los ojos.

Celeste Prince tiró del brazo de su amiga para obligarla a apartar la mirada.

–Por favor, Brooke, no lo animes.

El guapísimo extraño que acababa de llegar llamaba mucho la atención: pelo oscuro bien cortado, mentón cuadrado con sombra de barba, unos hombros anchos que hacían que se le doblasen un poco las rodillas…

Especímenes superiores como aquél no aparecían todos los días, pero aquella noche Celeste no necesitaba distracciones.

Más de cien invitados habían acudido a la fiesta del genio de las franquicias australiano Rodney Prince para celebrar el vigésimo aniversario de la empresa. Pero aquella fiesta significaba para Celeste mucho más que eso. Aquella noche, su padre pensaba renunciar a su cargo como presidente de Mantenimiento y Paisajismo Prince para pasarle las riendas de la empresa a su única hija.

Tras la muerte de su esposa quince años atrás,

Rodney Prince se había dedicado en exclusiva a los negocios, y eso había provocado que Celeste y él se alejaran. Cuánto había esperado aquel momento, la oportunidad de ser visible en su mundo otra vez y hacer que se sintiera orgulloso. Nada le importaba más que eso.

Ni siquiera conocer a un hombre alto, moreno y guapo.

Sin embargo, se atrevió a mirarlo una vez más.

El extraño estaba apoyado en el quicio de la puerta que daba al jardín, con la mano izquierda en el bolsillo del pantalón, en una pose masculina muy atractiva. Era guapo, de facciones duras y distinguidas a la vez; una torre de hombre con un esmoquin de Armani. Pero eran sus ojos lo que más la atraía… unas seductoras piscinas de vibrante azul. Cautivadores.

Mirándola directamente a ella.

Celeste se dio la vuelta de inmediato, pero seguía sintiendo esos ojos clavados en su espalda, en sus brazos, casi como si estuviera bajando su vestido…

–¿Quién será? –le preguntó Brooke.

–No lo sé, y me da igual.

Tenía que concentrarse en el discurso que debería dar cuando su padre anunciase su retirada, y no quería ponerse nerviosa. Afortunadamente, ya no solía tartamudear. Después de años de tormento en el colegio, había aprendido a hablar más despacio, a pensar antes de hacerlo y a permanecer tranquila en todas las situaciones, incluso cuando eran tan abrumadoras como aquella noche.

Brooke arqueó una ceja.

–¿No te importa? Hemos ido juntas al colegio, hemos recorrido Europa con una mochila y nunca te había visto tan tímida con un hombre.

Celeste no pudo disimular una sonrisa.

–Sí, bueno, es que no es sólo un hombre –murmuró, mirando hacia atrás.

Como un asesino a sueldo, el extraño estaba mirando alrededor, comprobando el territorio y buscando su objetivo, aparentemente. Parecía indiferente, pero ella tenía la impresión de que lo controlaba todo.

–Celeste, hija, tengo que hablar contigo un momento.

Ella se dio la vuelta, agitada.

Cuando llegó a casa aquella tarde su padre le había hablado del futuro de la empresa, dándole a entender que tenía intención de retirarse y, sutilmente, dándole a entender también que ella debía ocupar su lugar. Le había preguntado si estaba contenta con la tienda de bolsos y accesorios que había abierto en Sidney, y también si estaría interesada en hacer otra cosa, de modo que estaba claro.

Celeste le había contestado que los beneficios de la tienda eran estupendos, pero que estaba lista para hacer algo nuevo. Evidentemente, su padre había querido confirmar su decisión antes de hacer el anuncio, y pronto todo el mundo estaría brindando por la nueva presidenta de la empresa Prince.

Celeste Ann Prince.

Después de pedirle excusas a Brooke, Celeste acompañó a su padre por un amplio pasillo.

Había pensado ponerse un elegante traje de chaqueta oscuro, pero al final se decidió por algo más femenino, tal vez porque su madre decía siempre que era lo que mejor le quedaba. El tono melocotón del vestido destacaba su melena rubia y hacía juego con las pecas que se negaban a desaparecer de su nariz y sus hombros. Anita Prince, su madre, solía decir que las pecas la hacían parecer un ángel. Nunca había entendido que Celeste no quería brillar tanto.

Cuando llegaron al estudio, su padre cerró la puerta y le hizo un gesto para que se sentara frente al escritorio.

—En diez minutos voy a anunciar algo ahí fuera —le dijo—. Lo he pensado mucho, hija.

Ella intentó contener la emoción.

—Sí, ya me imagino.

—Mantenimiento y Paisajismo Prince se ha convertido en una empresa enorme con cientos de empleados y docenas de franquicias que controlar… la persona que la dirija debe estar involucrada en todos los sentidos. Ni siquiera puede estar por encima de empujar un cortacésped o talar un árbol.

Aunque Celeste asintió con la cabeza, empezaba a ponerse nerviosa. Ella no pensaba estar *tan* involucrada y, además, en su opinión no tenía ningún sentido estarlo. La cuestión era rodearse de un buen equipo. Celeste pensaba dedicarse a tareas ejecutivas e incorporar más sectores... por ejemplo una cadena de floristerías para grandes eventos, algo muy exclusivo, contratado sólo por grandes empresas. Ésa sería su contribución personal a la expansión de la compañía.

Su padre se cruzó de brazos.

—Aún no hemos firmado nada, pero he invitado al señor Scott a alojarse aquí durante unos días para ir explicándole cómo funciona el negocio.

—¿Quién es el señor Scott?

¿El nuevo director administrativo? Últimamente, cada vez que iba a ver a su padre lo encontraba con la cabeza enterrada en los libros de cuentas, su rostro más arrugado de lo que recordaba... y no sólo por el tiempo que había pasado al aire libre. A los sesenta y cinco años debería relajarse y dejarle el trabajo a ella.

—El señor Scott ha tenido una carrera meteórica en los últimos cinco años —siguió su padre—. Se ha ofrecido a comprar la empresa, y he pensado que deberías conocerlo antes de que yo hable con los invitados.

7

Las paredes forradas de caoba del estudio parecieron cerrarse sobre ella.

–¿Quieres venderle la empresa Prince a un extraño?

Celeste sintió el impulso de tomar a su padre por las solapas del esmoquin y gritarle que no podía hacer eso. Pero había aprendido mucho tiempo atrás que esas pataletas no servían de nada. De hecho, la última vez que tuvo una su padre la envió a un internado. Menos mal que allí se había encontrado con Brooke.

Rodney Prince empezó a hablar de «una generosa oferta», de que «todo iba a ir bien», pero Celeste sólo podía pensar que siempre había hecho lo que se esperaba de ella; había sacado las mejores notas en el colegio, había hecho la carrera que su padre esperaba y nunca se había metido en líos.

¿Cómo podía hacerle aquello? Y sobre todo, ¿cómo podía hacérselo a su madre?

–Tú sabías que yo quería ocupar tu puesto –le dijo–. Hemos hablado de ello hoy mismo.

–Cariño, hemos hablado de tu tienda de bolsos. Te pregunté si habías pensado ampliar el negocio…

–Creí que era una pista, que querías darme a entender… –Celeste sacudió la cabeza, angustiada.

Ella siempre se había interesado por la empresa, había preguntado mil veces si podía ayudar en algo. ¡Maldita fuera, era algo esperado por todo el mundo!

—Dices que aún no has firmado nada —empezó a decir, con voz entrecortada—. Pues bien, dile al señor Scott que has cambiado de opinión, que tu hija va a dirigir la empresa.

—No, lo siento, pero creo que así es mejor. Éste es un negocio de hombres, hija, y te aseguro que he encontrado al hombre perfecto para llevar la empresa.

Celeste apretó los labios. *Ella* era el hombre prefecto para llevar la empresa. Y, además de robarle la oportunidad de hacer aquello para lo que se había preparado en la universidad, su padre estaba traicionando la memoria de su madre. Anita Prince siempre había creído que Celeste, su única hija, heredaría el negocio. Además, sin el dinero de su abuelo y los sabios consejos de Anita, la empresa no existiría.

Un golpecito en la puerta interrumpió la conversación.

—Entra, Benton.

¿Benton? Benton Scott, sí, el nombre le resultaba familiar. Un hombre muy rico, enigmático, filántropo, pero que solía alejarse de la prensa.

Aunque a ella le daba igual que fuera un monje, la empresa Prince era suya y no pensaba dejar que nadie se pusiera en su camino.

Pero cuando entró el enemigo, se quedó sin aire.

Esos ojos…

–Siento ser grosera, pero mi padre y yo estamos hablando, señor Scott.

–Ah, ya veo. Éste no parece ser el mejor momento para presentaciones –sonrió Benton–. Y posiblemente esta noche tampoco sea el mejor momento para hacer anuncios.

Tenía una voz ronca, masculina, como un río de chocolate undulando sobre una roca.

–No, no –Rodney Prince se acercó, su metro ochenta empequeñecido al lado del otro hombre–. Pasa, por favor. Nosotros hemos terminado, ¿verdad, cariño?

¿Habían terminado? Celeste lo miró, perpleja. ¿Sus sentimientos significaban tan poco para él?

–En realidad –dijo Benton Scott– venía a decirte que una de tus invitadas… Suzanne Simmons creo que se llama, estaba diciendo que quería despedirse de ti.

Su padre se aclaró la garganta, nervioso.

–Debo irme entonces. La señora Simmons es una de mis mejores clientes.

–Sí, claro.

Rodney le dio una palmadita en la espalda y salió del estudio sin mirarla a ella siquiera, pero Celeste intentó esconder su frustración. No tenía tiempo para autocompadecerse. Los empresarios no se lamentaban, sencillamente seguían adelante con las cartas que les hubieran tocado. Y, por mucho que le doliese, Benton Scott podría ser su as en la manga.

–Por favor, siéntese.

–Como he dicho antes, tal vez sea mejor dejar las presentaciones para otro momento –repitió él, tomando el picaporte–. Buenas noches, señorita Prince.

No, de eso nada. Ella tenía un plan y aquel hombre era fundamental. Tenía que retenerlo allí y hablar con él.

–¿No le gusta estar a solas con una mujer?

–Eso nunca ha sido un problema para mí.

–Bueno, hay una primera vez para todo.

Benton Scott se apoyó en la puerta.

–Parece usted una jovencita encantadora. No creo que tenga nada que temer.

–He notado que antes estaba mirándome.

¿De dónde había sacado valor para decir eso?, se preguntó. De la desesperación seguramente.

–No sabía que fuera usted la hija de Rodney.

–¿Y eso cambia algo?

–Tal vez.

–Aparte de ser la hija de Rodney, tengo un título en dirección de empresas y una empresa propia.

Scott dio un paso adelante. Caminaba despacio, como un predador.

–Me parece muy interesante.

–¿Porque soy una mujer?

11

–No, por su edad. Es usted muy joven para tener una empresa propia.

Celeste estaba harta de que le dijeran eso. Una mujer de veinticinco años no era una niña.

–Soy una persona muy decidida –le dijo, apoyándose en el escritorio–. Cuando quiero algo, no me rindo fácilmente.

Él levantó una ceja, sorprendido, y eso la tranquilizó un poco. El asunto parecía estar funcionando.

–¿Y qué es lo que quiere, señorita Prince?

Celeste respiró profundamente. Allá iba:

–Quiero conservar el negocio de mi familia.

–¿Estamos siendo absolutamente francos?

–Sí, claro.

–Aunque su padre quisiera conservar la empresa, no le dejaría a usted el control.

Celeste tuvo que contenerse. ¿Cómo se atrevía a presumir de conocer a su padre tan bien?

–¿Y por qué está tan seguro?

–Porque la empresa tiene serios problemas económicos.

Eso era imposible. Mantenimiento y Paisajismo Prince era una de las empresas de jardinería y suministros con más franquicias en todo el país. Su padre no había tenido problemas económicos desde antes de que muriera su madre.

–Rodney no quería preocuparla, por eso no se lo ha contado.

Celeste se acercó a la ventana, pensativa. ¿Podría estar diciendo la verdad? Pero aunque la empresa tuviera problemas, ella no iba a asustarse porque eso significaba que sus innovadoras ideas eran más necesarias que nunca.

¿Pero qué significaría para su asesino a sueldo particular?

—Tengo entendido que es usted un inversor. ¿Por qué le interesa un negocio con problemas? A menos que sea para venderlo….

—No soy un simple inversor, soy un empresario. Y veo esta empresa como la oportunidad perfecta para mezclar los negocios con el placer. Jugar en la bolsa ha sido muy lucrativo, pero yo quiero un negocio en el que pueda involucrarme de verdad.

Ella lo estudió detenidamente, desde el pelo oscuro hasta la punta de los zapatos italianos.

—¿Quiere dedicarse a cortar el césped de todo Sidney?

—Esta empresa necesita una persona que se involucre del todo si quiere sobrevivir —sonrió él.

—Y usted es un experto en primeros auxilios, claro.

—En las circunstancias adecuadas… —Benton Scott miró sus labios— desde luego.

Celeste empezó a sentir un cosquilleo, como si la hubiera tocado, aunque estaba a dos metros de ella. ¿Qué pasaría si la besara?, se preguntó.

«Rebobina, Celeste, ése no era el plan».

Intentando calmarse, salió al balcón para mirar las luces de la ciudad y el majestuoso puente de Sidney en la distancia, pensando cuál debía ser su siguiente paso. Pero cuando Benton Scott se acercó, el aroma a tierra mojada y eucaliptos se esfumó para dar paso a un aroma masculino, sensual.

—Mire, no tengo intención de discutir. Yo sólo quiero lo que es mío.

—Intuyo que es usted una mujer muy obstinada —sonrió él.

—Prefiero que me llamen persistente.

Celeste miró su mano izquierda. Por supuesto, no llevaba alianza. ¿Tendría novia? Seguramente varias, aunque a ella le daba igual.

—Ojalá nos hubiéramos conocido en circunstancias diferentes. Podría haber sido…

—¿Beneficioso para los dos? —dijo Celeste, irónica.

—Es una manera de decirlo.

—¿Qué tal memorable, significativo?

Benton la miró con un esbozo de sonrisa.

—¿Está coqueteando conmigo, señorita Prince?

Al ver el brillo de sus ojos sintió un cosquilleo entre las piernas y, de pronto, en su mente apareció una imagen alarmantemente vívida de Benton Scott y ella en la cama…

Intentando controlar aquella absurda excitación, Celeste se aclaró la garganta antes de explicar:

–En realidad, sólo estaba sugiriendo que fuera usted caballeroso y renunciase a la oferta de comprar la empresa Prince.

–Crea usted lo que crea, su padre sólo quiere lo mejor para usted.

–Sí, claro –dijo ella, irónica.

–Si la empresa Prince no está bien dirigida, podría perderlo todo.

–Gracias por la confianza. Cuando tenga tanto éxito como usted, espero ser igual de modesta.

Él sonrió de nuevo.

–No se ponga sarcástica. Me gusta más cuando flirtea conmigo.

–¿No me diga?

–Es usted muy guapa, señorita Prince. Y, evidentemente, le gusta vestir bien y llevar las uñas arregladas…

–¿A usted le gusta vestir mal? ¿Lleva las uñas sucias?

Él hizo un gesto con la cabeza, como reconociendo que tenía razón.

–¿Por qué no acepta el dinero que le corresponda de la venta y compra un par de boutiques?

Celeste apretó los labios, furiosa.

–No sé qué me molesta más, ese comentario tan sexista o que de verdad crea que es un buen consejo.

Tal vez Benton Scott era más rico que ella y tenía más experiencia, pero Celeste pensaba luchar por lo que era suyo. Y su madre la animaría hasta el final.

—¿Qué me propone entonces?

—Puede usted comprar el negocio que quiera, pero la empresa Prince es algo muy personal para mí. Mis padres trabajaron como no se puede imaginar para levantarla… de hecho, salió adelante gracias a un préstamo de mi abuelo, el padre de mi madre.

—¿Y bien?

—Dice usted que lo único que le interesa es sacar adelante la empresa… pues demuéstrelo. Deme tres meses para probarle a mi padre que yo puedo levantarla.

Benton Scott se quedó mirándola, en silencio.

—Un mes —asintió por fin.

—Dos —dijo Celeste, intentando contener una sonrisa.

—Seis semanas y con una condición: que yo estaré a su lado.

—No necesito que me eche una mano.

—Se puede hacer mucho daño en seis meses, y yo no tengo intención de solucionar más problemas de los que sean necesarios.

—Si no le tuviera tanto cariño a la empresa de mi familia, me sentiría insultada.

Tener a Benton Scott a su lado sería una distracción innecesaria y, además, le molestaría que estuviera vigilándola. Tal vez debería utilizar otra táctica… halagarlo, por ejemplo.

—Cuando lo vi esta noche, pensé que era usted un hombre a quien le gustaban los riesgos, pero veo que estaba equivocada.

Celeste iba a darse la vuelta cuando él la tomó por la muñeca. Y, de inmediato, algo parecido a una corriente eléctrica subió por su brazo. ¿Cuál era el secreto de aquel hombre?

—Ése es el trato, o lo toma o lo deja. Pero hay algo más que debemos dejar claro —dijo Scott entonces—. No sé si podríamos trabajar juntos durante seis semanas sin que… hubiera consecuencias.

El calor que emanaba de su cuerpo encendía sitios en el cuerpo de Celeste que no deberían encenderse.

—Veo que han cambiado mucho las cosas desde «éste no es el mejor momento para presentaciones».

—No me malinterprete, las consecuencias me parecen bien mientras usted sepa que no estoy buscando una señora Scott, sea la hija de quien sea.

Celeste lo miró, perpleja. ¡Estaba sugiriendo que podría manipularlo para que se casara con ella con objeto de conservar el negocio! ¿Cuántas bofetadas le darían a aquel hombre a la semana?

—Siento decepcionarlo, pero no estoy interesada.

—¿No?

—¡No!

–Yo no estoy tan convencido –dijo él–. Soy un hombre más bien cínico y antes de nada necesitaría pruebas.

No le dio tiempo para pensar. Tomándola por la cintura con un brazo, su boca cayó sobre la de Celeste.

Durante los primeros segundos le pareció que había habido un apagón… y todas sus funciones cerebrales quedaron paralizadas. Luego, como si estuviera despertando de un coma, una por una todas las zonas erógenas de su cuerpo despertaron a la vida.

Aquello no era un beso.

Era un asesinato.

Celeste se apartó, pero sólo hasta que la punta de su nariz rozaba la de Benton Scott porque él no la soltaba. Cuando inclinó a un lado la cabeza, pensó que iba a volver a besarla y contuvo el aliento. Afortunadamente, él la soltó.

–Voy a quedarme aquí esta semana. Si sigue interesada, mañana podemos seguir hablando… o tal vez tomar una copa.

Celeste consiguió respirar por fin.

–Una copa suena bien. Pero le advierto que yo tomo las mías con hielo –le dijo, dando un paso atrás–. Y usted, señor Scott, también debería enfriarse un poco.

Capítulo Dos

A la mañana siguiente, Benton Scott despertó boca abajo, abrazado a la almohada y dolorosamente consciente de una erección matinal.

Cuando abrió un ojo descubrió que estaba en una habitación extraña, solo. Y tenía que darse la vuelta.

Llevando la almohada con él, dejó escapar un gemido cuando la luz del sol que se colaba por las cortinas golpeó sus ojos.

Y luego recordó la noche anterior, sobre todo su conversación con la señorita Prince. Intentando relajarse, recordó aquella bomba de beso y su irónico comentario de despedida.

¿Hielo?, pensó, con una sonrisa en los labios. Más bien gasolina sobre una hoguera. Pero, aunque le gustaría hacer algo más que darle un beso, el sentido común le decía que, si se acercaba demasiado a esas llamas, alguien acabaría quemándose. Él estaba allí para hacerse cargo de la empresa Prince; una empresa que necesitaba una rápida inyección de fondos y su total atención para rescatarla de la ruina. Si Rodney Prince veía la compra como una salvación, también lo era para Ben. Y estaba deseando empezar.

Entonces oyó risas y, apartando la almohada, salió al balcón. Celeste Prince estaba en el jardín, jugando con dos caniches que corrían cuando ella les tiraba una pelota.

Sentada a la sombra de una higuera, la melena rubia enmarcando su rostro, podría ser una ninfa del bosque. Pero luego se levantó y, al ver esas largas y bien torneadas piernas, sus castos pensamientos se esfumaron.

Aunque había hecho mal besándola la noche anterior, no se arrepentía en absoluto, pensó, pasándose una mano por el pelo. De hecho, no le importaría nada volver a hacerlo.

–¡Hola! –gritó, poniendo las manos sobre su boca a modo de altavoz.

Ben tuvo que sonreír al ver que Celeste se quedaba mirando fijamente su torso desnudo. Era transparente, desde luego, no podía disimular. Y se alegraba mucho.

–Se ha levantado temprano.

–Suelo hacerlo –dijo él–. ¿Le importa si bajo un momento?

–Esperaba que lo hiciera.

–Ah, veo que está dispuesta a ponerse a trabajar.

–No he estado más dispuesta en toda mi vida. Baje cuando quiera.

Treinta segundos después, Ben estaba bajo una ducha fría, intentando controlarse.

Había tenido muchas relaciones con mujeres a las que respetaba y con las que lo pasaba bien. Pero desde que sus ojos se encontraron la noche anterior, Celeste Prince le había parecido diferente. Debería haber imaginado que era la hija de Rodney. Y más tarde, en el estudio de su padre, debería haber imaginado que iba a tenderle una trampa, obligándolo a aceptar un plan con el que esperaba recuperar la compañía.

Ben salió de la ducha y tomó una toalla. Sí, su sentido común, siempre despierto, parecía haberse dormido con aquella chica. Pero ahora sabía cuál era su juego. Celeste tenía una misión, y él era un estorbo que quería apartar de su camino.

Ben se pasó una mano por el torso, sonriendo.

Sería divertido dejar que lo intentase.

Cuando salía de la habitación, el ama de llaves le dio una nota.

Un asunto personal de la mayor urgencia me obliga a salir de viaje. Espero que me disculpes, Benton. Celeste será tu anfitriona hasta que yo vuelva.

Rodney Prince

Celeste acababa de conseguir algo de tiempo, pensó, guardando la nota en el bolsillo. Estaba

21

claro que quería dirigir la empresa para que su padre se sintiera orgulloso de ella, y Ben la entendía, incluso la envidiaba. Él daría cualquier cosa por haber conocido a su padre. O a su madre.

Pero había aprendido algo de sus días en casas de acogida... una técnica de supervivencia que se había convertido en un instinto infalible para los negocios: la habilidad de analizar a la gente y las situaciones con toda rapidez.

En aquel caso, no tenía la menor duda de que Rodney Prince no estaba dispuesto a darle las riendas de la empresa a una chica tan joven, aunque fuera su única hija.

Y en cuanto a Celeste... ella tenía su propia empresa, de modo que era una chica emprendedora, pero para dirigir una gran empresa como Prince, una empresa al borde la ruina, era necesario contar con más experiencia.

Aún no quería aceptarlo, pero tendría que hacerlo tarde o temprano. Él no solía equivocarse y estaba seguro de que no se equivocaba sobre eso.

Cuando se encontró con Celeste en el jardín, y a pesar de la ducha fría, al ver esas simpáticas pecas en su nariz tuvo que tragar saliva.

Ben se inclinó para acariciar a los perros mientras se protegía la cabeza con un típico sombrero Akubra.

—Vaya, vaya, veo que se lo ha tomado en serio

–sonrió Celeste, señalando el pantalón caqui y la camiseta.

–Y aunque a mí me gusta mucho su vestido, no parece que usted esté muy preparada para trabajar.

–Había pensado que podríamos repasar los libros de cuentas. Pero puedo ponerme un traje de chaqueta si lo prefiere.

Imaginándola sobre su escritorio con una corbata y nada más, Ben tuvo que aclararse la garganta.

«Concéntrate, Scottie».

–He pensado que deberíamos empezar por el lado más práctico del asunto –dijo luego, frotándose las manos–. ¿Dónde hay un cortacésped?

Los labios de Celeste Prince se curvaron en una sonrisa. Esos labios tan jugosos que le habían sabido a cerezas la noche anterior; las cerezas más jugosas y maduras que había probado nunca.

–¿Va a hacerme un examen? ¿Quiere que nombre todas las partes de un cortacésped?

–No, no –rió Ben–. Dijo usted que podría rescatar el negocio porque lo conocía bien...

–Y es verdad.

–¿Por qué no empezamos por algo básico, como cortar el césped del jardín? Imagino que tendrán un cortacésped por aquí, de ésos que funcionan con gasoil.

Celeste se inclinó para ponerse unas alpargatas.

–Si está intentando asustarme, olvídelo. He crecido con el olor a fertilizante para plantas, que es mucho peor que el del gasoil.

–Entonces podrá enseñarme un par de cosas.

–No quería decirlo, pero la verdad es que sí –replicó ella.

Luego se dio la vuelta, su redondo trasero moviéndose de un lado a otro… tal vez demasiado para ser un gesto inconsciente. Hielo, sí, seguro, pensó Ben.

–¿De verdad quiere cortar el césped?

–¿Por qué no?

–Podría decirle a mi padre que necesita más tiempo para decidirse. Yo me encargaría de todo hasta entonces, y dentro de dos meses…

–Seis semanas –la interrumpió él.

–Seis semanas –asintió Celeste–. Entonces verá que todo va estupendamente y no tendrá por qué comprar la empresa.

–Quiere decir que me porte como un caballero.

–Precisamente –sonrió Celeste.

Aquella chica no se rendía fácilmente, estaba claro. Por desgracia para ella, él no se rendía nunca.

–Que yo estuviera a su lado era parte del trato, ¿recuerda? Claro que, si quiere que le recuerde la conversación de anoche…

Sabiendo perfectamente que se refería al beso, Celeste apartó la mirada y apresuró el paso.

Ben metió las manos en los bolsillos del pantalón. Una respuesta interesante. ¿Sería Celeste Prince una niñata enmascarada bajo esa ropa tan sexy? Aunque así sería más fácil manejarla, claro. Pero casi prefería que fuese de la otra forma porque le gustaban los retos... particularmente los que besaban como ella.

Celeste se detuvo frente a un cobertizo y abrió una puerta corredera tras la que había una fila de cortacéspedes.

—Elija el que quiera.

Ben lanzó un silbido.

—Menuda colección.

—Antes de abrir las franquicias, mi padre arreglaba cortacéspedes para ganarse la vida, ahora los colecciona.

—Como coleccionar sellos, pero más grandes.

—Algo así —rió Celeste.

Entraron en el cobertizo, que olía a gasoil, y Ben eligió uno de los aparatos.

—Éste me gusta.

Rojo y evidentemente bien cuidado, le recordaba a uno que solía usar cuando era niño. Le daban un dólar por limpiar el jardín, pero la sonrisa de su padre de acogida era la mayor recompensa. Un hombre que siempre lo elogiaba, que jamás le había levantado la voz como otros «padres» habían hecho. Seis meses después de llegar a esa casa, aquel hombre había muerto de un infarto y, en los ojos empañados de su madre de acogida, Ben había visto su destino: otra casa, otra familia.

En fin, para entonces ya debería estar acostumbrado.

Celeste pasó la mano por el manillar de metal.

–Éste debe de tener al menos veinte años. ¿No quiere un modelo más nuevo?

–No, me gusta éste.

Ben lo empujó hasta el jardín y tiró del cordón de arranque hasta que el motor se encendió, pero el aparato no se movía. Haciendo fuerza, volvió a tirar, pero nada. Apoyando una mano en el suelo, Ben tiró del cordón casi hasta arrancarlo…

–Debe de estar estropeado.

Celeste dio un paso adelante y, con un dedo de uña perfecta, bajó una palanquita que decía «gasoil».

¿Cómo se le podía haber olvidado eso?

–Inténtelo ahora.

Suspirando, Ben tiró del cordón y el motor arrancó perfectamente.

–Muy bien.

–¿Significa eso que he pasado la primera prueba? –le preguntó ella, irónica.

–Creo que ésa ha sido la segunda prueba.

Los ojos verdes de Celeste se oscurecieron,

pero esta vez no apartó la mirada y, contento de haber recuperado a la joven decidida, Ben puso las manos en el manillar, sintiendo una vibración que hacía castañetear sus dientes.

—En su opinión profesional, ¿cuánto tiempo cree que tardaremos?

—Este modelo es antiguo, así que gran parte de la mañana —contestó ella.

—Pues muy bien, empecemos.

—¿Quiere que lo haga yo?

—¿Qué ocurre? ¿No ha crecido con el olor a fertilizante? Imagino que habrá cortado el césped alguna vez.

Si la presionaba, volvería corriendo a su tienda en un par de días, quizá antes, pensó. Y un día incluso podría darle las gracias.

—Es un jardín muy grande. Si insistes en hacer esto, prefiero usar un modelo con asiento —Celeste entró de nuevo en el cobertizo y, unos minutos después, salió subida a una especie de pequeño tractor.

Sonriendo, Ben se quitó el Akubra para ponérselo a ella.

—Le hará falta... para el sol.

—Gracias.

El asiento del cortacésped era lo bastante grande como para que cupieran dos personas sentadas una detrás de otra, de modo que Ben se sentó a horcajadas y la tomó por la cintura.

–¿Qué hace?

–Ya le dije anoche que, si íbamos a hacer esto, querría ser su sombra.

–A lo mejor necesitas una copa. O un té.

–Prefiero algo caliente por la mañana.

Celeste se volvió para lanzar sobre él una mirada de advertencia.

–No va a asustarme.

–Entonces sugiero que siga conduciendo.

Celeste arrancó de golpe, y Ben tuvo que agarrarse a ella con todas sus fuerzas. Y cuando giró bruscamente a la izquierda, estuvo a punto de salir lanzado del cortacésped. Ah, la señorita Prince era traicionera además de preciosa.

Irguiéndose como pudo, tiró de ella hacia atrás. Ella misma le había dado razones para hacerlo, pero Celeste pisó el freno y saltó del vehículo.

–No pienso hacer esto.

–Es culpa suya, no está jugando limpio.

–¿Y usted sí?

–Estoy haciendo lo que tengo que hacer para comprobar que mi inversión sea rentable.

Apretando los labios, Celeste volvió a subir y durante casi una hora estuvieron cortando el césped del jardín. La vibración del vehículo parecía hacer eco por todo su cuerpo. No debería ser algo sexual, pero teniendo su trasero delante… moviéndose, frotándose, Ben tuvo que rezar para que terminase la tortura cuanto antes. Cuando volvieron al cobertizo y ella bajó del cortacésped, sus pantalones estaban ardiendo.

Celeste tomó el ala de su sombrero, lo lanzó como si fuera un *frisbee* y se puso en jarras.

–¿Satisfecho?

Ben contuvo un gemido. En absoluto.

–Bien hecho –consiguió decir, aunque su voz no sonó tan firme como era habitual.

–¿Qué más tiene preparado?

–¿Qué tal si tomamos algo fresco?

–¿Algo con hielo? –sonrió ella.

–Un hombre no es un camello, señorita Prince.

Y tampoco era un bloque de madera... bueno, no enteramente. En aquel momento era un animal excitado que estaba a punto de demostrarle lo excitado que estaba.

Pero, obligando a su testosterona a controlarse, Ben se dirigió hacia la casa.

–Por cierto, puedes llamarme Celeste –dijo ella entonces–. Ya está bien de señorita Prince.

–Ah, estupendo. Y tú puedes llamarme Benton... aunque mis amigos me llaman Ben.

–Muy bien, *Benton*.

Él tuvo que sonreír.

–¿Desde cuándo tienes estos perros?

–Matilda y Clancy eran de la misma camada. Los adoptamos... –Celeste carraspeó, apartando la mirada–. Mi padre los adoptó hace quince años.

–Entonces tú tendrías…

–Diez años –contestó ella–. Fue el mismo año que murió mi madre.

Aunque Ben lo sentía, ese tipo de frase hecha le parecía vacía, sin sentido, de modo que no dijo nada. Y no se conocían lo suficiente como para preguntar por las circunstancias.

–Siguen pareciendo cachorros.

Celeste se apartó el pelo de la cara, haciéndose una coleta con las manos.

–Ahora se irán a dormir bajo un árbol. Están todo el día dormidos.

–Entonces imagino que ya habrán desayunado.

–Seguro que Denise nos ha preparado algo, no te preocupes. Y tú pareces un hombre de los de huevos revueltos con beicon.

–Y lo dices porque…

–Tengo una bola de cristal.

–Una bola de cristal nos vendría bien ahora mismo. ¿Le has preguntado por ese período de prueba?

–¿Qué crees que diría?

Ben no necesitaba una bola de cristal para predecir lo que iba a pasar. Pero, de pronto, no le apetecía jugar a un juego que sólo podía terminar de una manera. Aunque él se apartase, Rodney encontraría otro comprador… si encontraba comprador para una empresa al borde de la ruina.

¿Debería convencerlo para que dejase que Celeste llevase las riendas de la empresa hasta que ella misma se diera cuenta de que no era lo suyo? ¿O sería mejor cortar el asunto de raíz en aquel mismo instante? Sabía por experiencia que agarrarse a una fantasía era peor que enfrentarse con la verdad. Cuanto antes aceptase Celeste la verdad, antes podría seguir adelante con su vida.

Pero cuando entraron en la casa todos esos pensamientos se evaporaron. El aroma a café recién hecho y a tortitas era demasiado poderoso, y él estaba hambriento. Iba a disculparse para ir al lavabo cuando oyó una voz familiar en el pasillo.

–Mi padre ha vuelto –dijo Celeste. Entonces oyeron una voz de mujer–. Y parece que no ha venido solo.

Encontraron a Rodney Prince y a su invitada en el salón. Ben reconoció a la mujer de la noche anterior y no le sorprendió en absoluto que Rodney estuviera besándola porque le había parecido…

Celeste se tapó la boca con la mano, pero un gemido escapó de su garganta.

Sorprendido, Rodney se apartó de la hermosa viuda, Suzanne Simmons, y carraspeó antes de saludarlos.

–Ah, hola… ya conocéis a la señora Simmons. Ben se adelantó para estrechar su mano, sabiendo que así le daba unos segundos a Celeste para reaccionar…

—¿Qué está pasando aquí? —exclamó ella.

No, no había necesitado tiempo para reaccionar.

Suzanne puso una mano en el brazo de Rodney, y él le dio una palmadita.

—Suzanne y yo vamos a casarnos, Celeste. Somos muy felices y estamos deseando formar una familia.

—Papá, tienes sesenta y cinco años…

—Suzanne está embarazada —la interrumpió su padre—. Anoche nos dimos un susto, pero hemos estado en el médico y todo va bien.

—Enhorabuena, Rodney —lo felicitó Ben—. Estoy seguro de que seréis muy felices.

Otra frase vacía, aunque esta vez sin duda apreciada. Ben creía en el amor, pero era el final feliz con lo que un hombre no podía contar.

La expresión de Suzanne era de preocupación mientras daba un paso adelante para tomar la mano de Celeste.

—Lo siento, sé que esto debe de ser una sorpresa para ti. Queríamos contártelo esta noche, durante la cena… espero que podamos ser amigas.

Ben vio que Celeste tragaba saliva, pero luego pareció encontrar fuerzas para sonreír.

—Me alegro mucho… por los dos.

—La compra de la empresa ha llegado en el

momento adecuado –dijo Suzanne entonces, dirigiéndose a Ben–. Queremos disfrutar del niño sin que Rodney tenga que trabajar doce horas al día…

–Sí, lo entiendo.

–Tu padre me ha contado que quieres abrir otra tienda, imagino que estarás muy contenta.

Celeste miró a su padre, pero él apartó la mirada.

Y Ben sintió su dolor como si fuera suyo. A él le había ocurrido algo parecido a los diez años, cuando de repente se quedó sin hogar. El dolor de ser apartado era el mismo tuviese uno la edad que tuviera. Pero al menos aquel día podía hacer algo para ayudar.

–No esperaba verte tan pronto, Rodney. Acababa de invitar a tu hija a desayunar en el centro.

–Denise está sacando el desayuno a la terraza.

–Y con el apetito que tengo… –sonrió Suzanne, poniendo una mano sobre el brazo de su prometido– seguro que puedo comerme la mitad. Vosotros marchaos, nos veremos aquí después.

Cinco minutos más tarde, una Celeste aún atónita subía al Mercedes de Ben para ir a la ciudad. Sin protestar. Las últimas doce horas habían sido un golpe detrás de otro para ella y, sin embargo, se había mostrado fuerte.

Él no era un experto en cuestiones familiares,

y aquel día era un extraño, como siempre. Sabía que no debería sentirse responsable, y sin embargo, ¿qué le costaba hacer sonreír a Celeste de nuevo?

Y sabía por dónde empezar.

Capítulo Tres

Celeste miraba los eucaliptos que flanqueaban la carretera mientras Benton y ella se alejaban de la casa de su padre. Una casa a la que no estaba segura de querer volver.

Benton no intentó entablar conversación, y ella se lo agradeció. Llevaban casi una hora en el coche y, después de darle muchas vueltas, había llegado a una conclusión: las cosas ocurrían siempre por una razón. La sorpresa que había recibido aquel día le había hecho ver que el sueño de tantos años no era más que eso, un sueño. Podía lamentarse y sentirse traicionada u olvidarse del asunto. Y como ya no le quedaban esperanzas, la segunda opción era la única aceptable.

Benton frenó cuando llegaban a un semáforo y, suspirando pesadamente, Celeste se quitó las gafas de sol para estudiar a su chófer, que en aquel momento parecía más un regalo del cielo que un asesino a sueldo. En cualquier caso, era el hombre más guapo que había conocido nunca y, aparentemente, también era una persona sensible.

–Gracias por sacarme de allí.

–De nada –contestó él.

Era guapo como los chicos malos de las películas, tal vez con un toque de sangre mediterránea. Su piel era suave, cetrina, el pelo oscuro y lo bastante largo como para rozar el cuello de la camisa. No podía ver sus ojos, de modo que se concentró en su perfil, en sus labios… hermosos labios masculinos. Recordaba lo suaves que eran…

–Ya casi hemos llegado –dijo él entonces–. Me gustaría ver tu tienda.

Celeste negó con la cabeza. Estaba llevando la compasión demasiado lejos.

–No estás interesado en mis cinturones y mis bolsos.

–Puede que no, pero me interesa saber lo que haces todos los días.

Brooke estaría en la tienda porque solía trabajar los fines de semana. Eran amigas desde siempre, pero aquel día no podía enfrentarse con ella. Conociendo la historia familiar, Brooke intentaría consolarla, y Celeste prefería olvidar lo que había visto con un buen baño caliente y un buen libro.

–Lo siento, pero prefiero que me dejes en casa.

–No, no pienso hacerlo.

–¿Perdona?

–Hace un día demasiado bonito para encerrarse en casa.

–No voy a ponerme a llorar, no te preocupes. Ya he llorado más que suficiente.

Benton se quitó las gafas de sol para mirarla.

–Vamos a hacer un trato.

–Mira, no estoy de humor…

–No es que lleve la cuenta, pero me debes un favor. De hecho, me debes dos.

Sí, era cierto. Le debía uno por aceptar el plan de llevar la empresa de su padre durante seis semanas y otro por sacarla de la casa.

–Muy bien. ¿Qué quieres?

–Te llevaré a casa, pero sólo para que subas a buscar el bañador.

–¿Para qué?

–Es un secreto –contestó Benton.

Celeste se imaginó en un *jacuzzi* en algún dúplex en el centro de la ciudad… pero no pensaba dejar que se aprovechase de la situación, al contrario.

Aunque no sabía por qué se preocupaba tanto. Había comprado un biquini nuevo la semana anterior y, aunque pesaba un par de kilos más de lo que le gustaría…, qué demonios. No pasaría nada por ser impulsiva una vez.

Decidida, le indicó cómo llegar a su apartamento, y diez minutos después bajaba de nuevo con una bolsa de playa.

–¿Te sientes mejor?

–En realidad, no siento nada –Celeste se encogió de hombros–. Debe de ser un mecanismo de defensa, ha sido uno de los peores días de mi vida.

–Pues vamos a arreglar eso –sonrió Benton, ajustando el retrovisor.

Poco después llegaron al puerto, donde una mujer de pelo rubio y pantalón corto salió para saludar a Benton y darle una cesta de merienda.

–¿Lo tenías preparado?

–La he llamado al móvil mientras te esperaba.

Ben tomó a Celeste del brazo y la llevó por el muelle hasta un yate impresionante de nombre *Fortuna*.

–¿Es tuyo?

Cuando se quitó las gafas de sol, Celeste vio un brillo de orgullo en sus ojos.

–Es precioso, ¿verdad?

–Muy bonito, pero imaginé que tendrías algo más grande –bromeó ella.

–Te aseguro que es lo bastante grande –sonrió Benton, tomándola del brazo otra vez.

Una vez a bordo, Celeste se puso el biquini naranja y una camisa blanca, y Benton un pantalón cargo de color caqui y un chaleco de neopreno que destacaba la anchura de sus hombros.

Celeste respiró profundamente, dejando que la brisa marina acariciase su cara. Qué diferencia de la noche anterior, cuando aquel hombre era su enemigo.

¿Y aquel día?

Bueno, aquel día ella era una mujer nueva

con un montón de posibilidades, incluyendo a Benton Scott.

Mientras él sacaba el yate del puerto, Celeste observó la brisa moviendo su pelo y admiró las arruguitas que se formaban alrededor de su boca cuando sonreía. ¿Estaría saliendo con alguien?, se preguntó. De ser así, no podía ser una relación muy seria. Además, le había dicho que no estaba interesado en el matrimonio.

¿Estaría evitando el matrimonio porque le gustaba salir con unas y con otras? ¿Le habría roto el corazón alguna mujer? No, seguro que no.

Benton echó el ancla cuando llegaron a una cala desierta. La playa, resguardada por una pequeña arboleda, parecía un pequeño paraíso.

Después de sacar la cesta de la merienda y una manta, Benton le mostró una botella de champán con una etiqueta muy conocida.

—¿A alguien le apetece champán?

—No, gracias, prefiero un refresco.

—Imagino que no es un día para celebraciones —murmuró él, mientras bajaban por la escalerilla.

—En realidad, sí lo es —dijo Celeste entonces—. Ahora puedo empezar a vivir de verdad.

—¿A qué te refieres?

—Es una larga y aburrida historia…

—Bueno, tenemos todo el día —Benton puso la manta sobre la arena y se dejó caer sobre ella.

Celeste solía guardarse los detalles más sórdidos de su vida para sí misma. Su única confidente era Brooke, pero tal vez aquél era el mejor momento para hacer una purga y contarlo todo. ¿Sería buena idea mostrarse sincera con el hombre que estaba a punto de comprar la empresa de su padre?

Arrugando la nariz, se llevó la lata de refresco a la cara.

—¿Seguro que quieres que te lo cuente?

—Pues claro. Tenemos sándwiches… —Benton examinó el contenido de la cesta— queso, fruta, refrescos y bombones de chocolate. Hay provisiones suficientes para aguantar aquí hasta el miércoles.

Celeste sonrió, pero dejó de hacerlo cuando empezó a relatarle su historia:

—Mi padre era hijo de un mecánico y se convirtió en mecánico también, mientras mi madre venía de una familia adinerada. La casa en la que vive ahora fue un regalo de mi abuelo, que nunca lo vio como el mejor partido para su hija, como te puedes imaginar.

—Ya, claro.

—Imagino que mi padre se sentiría presionado para triunfar habiéndose casado con una mujer rica… en fin, cuando consiguió una buena cantidad de clientes en su negocio de reparación de cortacéspedes, mi madre sugirió que pidiese un préstamo para ampliar el negocio —Celeste apoyó una mano en la arena, recordando aquellos días como recordaría su película favorita–. Ésos fueron los momentos más felices de mi vida. Mi padre estaba muy ocupado, pero siempre tenía tiempo para nosotras. Desgraciadamente, su falta de formación empresarial impidió que viera que uno de sus socios le estaba robando… él estaba destrozado, pero mi madre lo sacó del apuro pidiéndole un préstamo a mi abuelo, a quien no le hizo mucha gracia… –Celeste se abrazó las rodillas–. Y a partir de entonces mi padre cambió por completo.

–Imagino que fue un golpe para su orgullo –murmuró Ben–. ¿Cuándo supiste tú todo eso?

–Una niña lo escucha todo… las discusiones, las peleas. Mi padre quería hacer las cosas de una forma y mi madre de otra… aunque normalmente ganaba ella porque era más astuta para los negocios. Por fin la empresa se recuperó del todo, pero mi padre nunca reconoció el esfuerzo que había hecho mi madre. De hecho, creo que en el fondo estaba resentido con ella. Con el tiempo, las diferencias se fueron ampliando y, cuando cumplí diez años, yo ya sabía que el amor entre ellos había muerto –Celeste miró a Benton entonces–. Puede que creas que un niño no puede saber eso, pero yo lo veía en sus ojos.

–Te creo –dijo él entonces, con aparente sinceridad.

41

–El día de mi cumpleaños, mi madre organizó una fiesta estupenda con todas mis amigas. Mi abuelo había muerto la semana anterior y la pobre aguantó como pudo, pero cuando fue a darme un beso de buenas noches empezó a llorar, y yo le pregunté qué le pasaba… por lo visto, mi abuelo se lo había dejado todo a su hermano mayor. Tal vez porque nunca le habían devuelto el dinero del préstamo… mi padre siempre lo iba posponiendo y, al final, ella se quedó sin herencia que dejarme. La pobre sólo encontraba un consuelo: que algún día mi padre me dejase a mí las riendas del negocio. Aunque entonces eso no me importaba, lo único que deseaba era que mis padres se quisieran otra vez.

–Pero tu madre murió, de modo que ya no podía influir en los asuntos de la empresa –dijo Ben.

–Eso es.

Además, su padre iba a casarse y a tener otro hijo. Celeste siempre había querido tener un hermano, pero en aquel momento no podía verlo de manera tan sencilla.

–Tras la muerte de mi madre, yo me sentí muy sola… y cuanto más tiempo estaba sin ella, más importante era para mí que mi padre me dejase el negocio, como ella había querido. Pero después de esta mañana, esa parte de mi vida ha terminado para siempre –Celeste levantó la barbilla–.

No me gusta admitirlo, pero la verdad es que me siento aliviada.

–Me alegro. Y debes olvidarte del asunto y pensar en lo que quieres hacer con tu vida.

Celeste se tumbó sobre la arena, con las manos en la nuca, mirando el cielo.

–La verdad es que no estoy muy segura de lo que quiero. Ni siquiera de quién soy.

Ben se tumbó a su lado, apoyando la cara en una mano para mirarla.

–Eres una mujer joven y preciosa... que está igual de guapa con un vestido que con un biquini.

–Debo admitir que tú tampoco estás mal –rió Celeste.

–Pero eso no ha evitado que intentases tirarme del cortacésped. Menos mal que me he agarrado con todas mis fuerzas.

Ella miró la fuerte columna de su cuello. Su torso debía de ser duro como el granito, pero cálido y humano. Ardiente y maravillosamente masculino.

Una ola de deseo la envolvió entonces con tal fuerza que, nerviosa, se levantó de un salto.

–Hace mucho calor –murmuró, quitándose la camisa–. Voy a bañarme.

¿Pero por qué corría?, se preguntó. Benton ya no era su enemigo, y la verdad era que ella deseaba que la tocase. Lo deseaba con todas sus fuerzas y sabía por el brillo de sus ojos que él lo deseaba también.

43

Cuando el agua le llegaba por la cintura, vio a Benton quitándose los pantalones y el chaleco. Poco después se reunió con ella, su cuerpo atlético apenas cubierto por un bañador negro. Lanzándose al agua de cabeza, estuvo buceando unos segundos y después apareció a su lado, echándose el pelo hacia atrás.

–Hola.

Al ver esos poderosos bíceps, Celeste sintió un estremecimiento. Tenía una presencia tan formidable que casi le daba miedo.

¿Debería ir a lo seguro y olvidarse de la atracción que sentía por él o arriesgarse y dar un paso adelante? Pero había recibido una impresión esa mañana, ¿estaba preparada para aceptar las consecuencias?

Indecisa, contuvo el aliento mientras nadaba hacia el otro lado… pero Ben la agarró del tobillo.

–¿Dónde vas?

Riendo, Celeste empujó su cabeza para hacerle una ahogadilla, y él le devolvió la broma. Cuando salieron para buscar aire estaban riendo los dos, pero entonces Ben la tomó por la cintura y la sonrisa murió en sus labios. En sus ojos había un brillo lleno de promesas, de sensualidad.

Y esta vez, Celeste no se movió.

–¿De verdad creías que intentaría seducirte para conservar la empresa de mi padre?

Benton puso las manos en su cintura.

–No sabía qué pensar, lo cual es extraño. Normalmente no tengo problemas para analizar a la gente.

–¿Es un talento especial?

Los ojos de Benton se oscurecieron mientras deslizaba las manos por su trasero.

–Uno de ellos.

–Lo admito ahora: me gustó que me besaras.

–Ya lo sabía –sonrió él, tomando su mano para besarla–. Y a lo mejor te interesa saber que mis habilidades no se limitan al boca a boca.

–¿Ah, no?

–No –murmuró Ben, besando sus dedos uno por uno y metiendo el último en su boca durante un segundo.

Celeste se quedó sin aire. Aunque intentaba mostrarse indiferente, le costaba trabajo respirar.

–No está mal.

–Éste es uno de mis favoritos… besar tu cuello.

La curva de su garganta parecía conectada con sus pezones a través de una cuerda invisible que los despertaba a la vida.

–Muy bien, señor Scott –empezó a decir, con voz ronca–. Pero no es muy original.

–¿Quieres algo nuevo y emocionante?

–¿Eso sería esperar demasiado?

–No lo sé, dímelo tú.

Celeste sabía lo que estaba preguntando. Benton Scott no estaba interesado en compromisos y, después de lo que había pasado aquel día, tampoco lo estaba ella.

–Creo que durante los últimos quince años de mi vida me he estado limitando a mí misma… viviendo sin perder de vista el objetivo de dirigir la empresa de mi familia. Lo de hoy me ha dolido, pero tienes razón, debo dejar todo eso atrás y hacer lo que sea mejor para mí –dijo Celeste, enredando los dedos en su pelo–. ¿Eres tú lo que necesito, Benton Scott?

–No lo sé, pero desde luego tú sí eres lo que yo necesito.

Bajo el agua, Celeste notó cuánto la necesitaba y, dejándose llevar por un deseo que ni quería ni podía controlar, apoyó los labios en los suyos.

–Creo que estoy preparada para probar el boca a boca otra vez.

Benton sonrió.

–Veré qué puedo hacer para que resulte nuevo y excitante.

Capítulo Cuatro

Celeste se olvidó de las inhibiciones y le devolvió el beso, experimentando de nuevo un caleidoscopio de emociones, como le había ocurrido la noche anterior. Pero esta vez el deseo era más profundo, más excitante. Temblaba pensando en lo que iba a pasar.

Las grandes manos masculinas la apretaron contra su entrepierna antes de tirar de ella para besarla bajo el agua… sin oír nada, viendo el reflejo del sol sobre la superficie.

Y cuando volvió a salir para buscar aire, la parte superior de su biquini estaba en las manos de Benton.

Atónita, Celeste miró hacia abajo. Sí, estaba desnuda de cintura para arriba.

–No sé cómo ha pasado –sonrió él–. Espero que no seas tímida.

Normalmente lo era, la clase de chica que apagaba la luz para hacer el amor. Y no había estado con nadie en algún tiempo. Pero ningún hombre la había atraído como aquél. Podría besarlo para siempre, pero como no era posible se alegraba de haber aprovechado el momento.

–Hoy me siento atrevida –sonrió por fin.

–Eso es mejor que no sentir nada, ¿no? –los ojos azules de Ben brillaban, traviesos.

Estaba a punto de besarla otra vez cuando Celeste se apartó, mirando por encima de su hombro.

–No hay nadie por aquí, ¿verdad?

Él deslizó un dedo por su brazo, para hacer luego un círculo sobre una de sus aureolas.

–Eres atrevida, ¿recuerdas?

Derritiéndose con sus caricias, Celeste no encontraba palabras… particularmente cuando Benton desapareció bajo el agua. Sintiéndose expuesta, pero resistiendo el deseo de cubrirse los pechos con las manos, rió al sentir que le bajaba la braguita del biquini. Y un segundo después se estremeció al sentir su boca rozándola entre las piernas.

Benton salió del agua y se quedó frente a ella, como una montaña de hombre, con el biquini en la mano.

–¿Sigues sintiéndote atrevida?

Sí… no.

–Nunca había hecho algo así.

–¿Eres virgen?

–No, no… pero nunca me he acostado con alguien a quien apenas conozco.

Ben puso una mano en su cabeza, empujándola suavemente hacia atrás mientras la besaba profundamente… haciendo que sus pezones ardieran mientras se rozaba con el vello de su torso.

–Entonces me considero un hombre muy afortunado –murmuró, tomando su mano para llevarla hacia su erección.

–¿Se supone que también yo estoy teniendo suerte? –bromeó Celeste.

–Ahora mismo no deberías hablar tanto –protestó Benton, empujándola hacia él con una mano mientras con la otra la acariciaba entre las piernas, buscando el capullo escondido entre los rizos.

Celeste dejó escapar un gemido.

–¿Puedo decir que me encanta?

–Con una condición –le advirtió él, apretándose más contra su vientre–. Que yo pueda decir lo mismo.

–¿Qué quieres decir?

–¿Tomas la píldora?

¿La píldora?

–No, me temo que no –contestó Celeste.

Benton se apartó un poco, sin dejar de besarla.

–Yo tengo preservativos en el yate.

De modo que solía llevar allí a otras mujeres. ¿Cuántas, dos, veinte?

En fin, los dos tenían experiencia; él más que ella, sin duda. ¿Pero qué había esperado? ¿Y qué importaba cuando era capaz de encenderla con sus caricias?

Después de recuperar el biquini, Benton la tomó en brazos y se dirigió a la escalerilla del yate.

–Me parece que no voy a poder subir contigo en brazos.

Muy bien, pero ella no pensaba subir la primera a menos que se pusiera el biquini.

–Suéltame, yo te seguiré.

–No, espera, tengo una idea mejor.

Con un rápido movimiento, Benton se la colocó al hombro estilo saco de patatas, su trasero desnudo pegado a su cara. Y Celeste sintió que le ardían las mejillas.

–No me siento muy cómoda en esta postura, la verdad.

–Debo confesar que siento el deseo inconfesable de darte un azote –rió él.

–¡No te atreverás!

Riendo, Benton la llevó al camarote y, después de dejarla en el suelo, se quitó el bañador.

«Madre mía».

Pero antes de que pudiera seguir pensando, la llevó a la ducha y, tomando un bote de jabón líquido, empezó a enjabonarla por todas partes.

–¿Yo puedo jugar también?

–Cuando quieras.

Mientras Ben le frotaba el estómago, ella frotaba unos hombros que parecían interminables. Su torso, sus abdominales de piedra y más abajo…

–No te pares ahí.

De modo que Celeste no se detuvo. Y cuando Ben echó la cabeza hacia atrás, con los ojos cerrados, vio las venas de su cuello más marcadas que nunca…

—Creo que será mejor que pares —dijo luego con voz ronca, apoyando las manos en la pared.

Después de secarse con una toalla la llevó a la cama, que no era de matrimonio, pero en aquel caso no importaba en absoluto.

Celeste se tumbó de espaldas, y él se colocó encima, besando sus pechos, pasando la lengua por sus pezones y tirando de ellos suavemente con los dientes.

—Si haces eso otra vez, voy a explotar.

—¿Esto, quieres decir? —sonrió Ben, haciéndolo de nuevo.

—¿Dónde están… los preservativos?

Unos segundos después estaba protegido y sobre ella otra vez. Y cuando la penetró, su sangre se convirtió en fuego y sus huesos parecieron derretirse. Era tan excitante…

—Creo que me voy a desmayar.

—Espera un momento…

Un momento en el que Celeste descubrió que ése era su sitio, entre los brazos de aquel hombre, en su cama.

—Sé que aún no hemos terminado —murmuró, enredando las piernas en su cintura—, ¿pero podemos hacerlo otra vez?

Sabía que él se habría reído si tuviera energía para hacerlo. Pero, por el brillo de sus ojos, necesitaba conservar fuerzas para controlar la oleada. Y la de Celeste estaba convirtiéndose en un tsunami.

Ben empujó con fuerza, llegando al sitio adecuado con la presión necesaria, y la ola la envolvió por fin. Sus músculos se contrajeron y, un segundo después, explotó con la fuerza de una bomba, el placer irradiando por todo su cuerpo, las sensaciones tan poderosas que no quería que terminasen nunca.

Él empujó una vez más, todos los músculos de su cuerpo temblando. El sonido que escapó de su garganta era casi de dolor mientras empujaba de nuevo, y Celeste deslizó los dedos por su brazo, con los ojos cerrados. ¿Dónde había estado toda su vida?, se preguntó.

¿Y dónde estaría durante el resto de ella?

Estuvieron abrazados durante largo rato; Benton apretándola contra su cuerpo, ella haciendo dibujos con el dedo sobre su torso.

Parecían estar hechos el uno para el otro; como si una vez hubieran estado juntos y ahora las dos partes se hubieran reunido. Pero eso eran cosas de su romántica imaginación, se dijo. Como era una tontería pensar que había conocido su olor antes… limpio y masculino. Real y embriagador.

Más tarde, cuando Benton sugirió que nadasen un rato, aún sintiéndose valiente, Celeste lo siguió y nadaron desnudos en las frescas aguas del océano. Después comieron sándwiches y bombones de chocolate en la playa… e hicieron el amor de nuevo, esta vez tomándose su tiempo, haciendo que el placer durase, reteniendo la recompensa todo lo que les era posible… y la recompensa fue dos veces más satisfactoria.

Benton parecía conocer bien el cuerpo de una mujer y le complacía sinceramente dar y recibir placer, de modo que aquel día *ella* era la afortunada.

Cuando el sol empezaba a enterrarse en el mar salieron del camarote, Ben con el pantalón, ella sólo con la camisa. Nunca se había portado de esa manera con un hombre, pero le parecía lo más natural.

Riendo, se dejaron caer sobre las tumbonas de cubierta, con las manos entrelazadas, mirando el cielo.

—Mira, están saliendo las estrellas.

¿Siempre habían sido tan bonitas?

«Todo va a salir bien», parecían estar diciéndole. Aunque era una tontería, claro.

—¿Cómo te sientes? —le preguntó él.

—¡Viva!

—Me alegro —sonrió Benton, apretando su mano.

–Y también un poco… inquieta.

–¿Por qué?

–Porque tú sabes muchas cosas sobre mí, pero yo no sé nada sobre ti.

Quería saberlo todo, desde su infancia a cuáles eran sus planes para el futuro. ¿Había tenido alguna relación duradera? ¿Quería enamorarse? En fin, todo el mundo quería enamorarse. Eso era lo que hacía que la raza humana siguiera adelante. La atracción, el deseo, la sensación de poder contar con otro ser humano para todo. Lo había visto en las películas, lo había leído en las novelas románticas… pero nunca había sentido la posibilidad de enamorarse más claramente que en aquel momento.

Desde luego, Benton Scott era un asesino a sueldo y su disparo le había dado directamente en el corazón.

–No hay mucho que saber sobre mí.

–Seguro que sí.

–No, en serio. No hay mucho de interés en mi vida –rió él.

–Estás siendo modesto.

–¿Por qué no usas tu bola de cristal?

Al mirarlo vio algo en su expresión que la acongojó. No estaba siendo modesto ni misterioso, sencillamente había algo que no quería contarle. ¿Qué habría en su pasado que no quería compartir con ella?

–Lo siento, no quería meterme donde no me llaman.

Benton la miró entonces, pasándose una mano por el pelo como para despertar los recuerdos.

–Vamos a ver…, crecí en una casa de acogida. A los dieciséis años conseguí un trabajo y con él me pagué la carrera. A los veinticuatro descubrí la Bolsa y un año después había ganado un millón de dólares. El resto, como suele decirse, es historia.

Su infancia no era lo que ella había esperado. Había imaginado una casa similar a la suya, vacaciones en un yate o esquiando, unos padres que cuidasen de él.

–¿Qué fue de tus padres?

–Mi madre murió unos días después de que yo naciera. No hace falta que digas que lo sientes, ni siquiera la conocí.

Y a Celeste se le encogió el corazón precisamente por eso.

–¿Y tu padre?

–Buena pregunta.

–¿Tu madre no estaba casada?

–Sí, lo estaba, pero se divorciaron casi enseguida.

–¿No has intentado buscarlo?

Ella lo hubiera hecho. Querría saber de dónde venía, si tenía hermanos o hermanas, si tenía abuelos. ¿Ben no quería respuestas?

–La verdad es que contraté a un investigador privado hace poco, pero por el momento no ha encontrado nada. Había pensado probar con una agencia importante, gente más profesional… pero si a mi padre biológico no le importé entonces, no creo que le importe ahora –Benton miró el cielo–. Algunas personas no quieren ser encontradas.

Lo había dicho con una sonrisa, pero Celeste se dio cuenta de que le dolía. ¿Se habría entrenado a sí mismo para que no le importase porque así no se llevaría una desilusión? Tal vez por eso se había mostrado tan comprensivo con ella. Al fin y al cabo, también ella se había agarrado tontamente a una esperanza. Dolía tener que dejarla ir, pero Celeste había descubierto que dolería más seguir agarrada a ella.

–Seguro que tu padre estaría orgulloso de ti.

Benton, que seguía mirando el cielo, hizo un gesto con la mano.

–¡Mira!

–Una estrella fugaz –sonrió Celeste–. Hacía siglos que no veía una.

–Yo solía mirarlas desde mi ventana, esperando… –Benton se quedó en silencio, como si pensara que había hablado demasiado–. Se supone que hay que pedir un deseo.

Imaginando a un niño solitario buscando estrellas fugaces desde su ventana, Celeste cerró los ojos y pidió un deseo para los dos.

–Sé lo que has pedido –dijo él, levantándose de la tumbona.

Sí, tal vez lo imaginaba. Pero ella no lo admitiría nunca porque no quería que supiera que ya era casi una adicta a su sonrisa, a sus caricias.

–¿Ah, sí?

Ben levantó un dedo, como pidiendo que esperase un momento, antes de bajar al camarote. Unos segundos después llegaron hasta la cubierta las notas de una canción, y cuando Ben reapareció, una silueta masculina formidable, tiró de su mano para levantarla.

–Has pedido un baile.

Celeste apoyó la mejilla en su torso, mordiéndose los labios. Nunca se había sentido tan especial.

¿Pero lo era? ¿Sería aquello un simple revolcón o se atrevía a esperar algo más?

–Me alegro de que nos hayamos conocido.

–Yo también.

–Prometo cuidar bien de la empresa Prince, Celeste.

Ella tuvo que morderse los labios, pero se dijo a sí misma que eso era algo que debía dejar atrás.

–Seguro que sí.

Estuvieron bailando, casi sin moverse, durante largo rato, en silencio.

–Me gustaría que siguiéramos en contacto.

El corazón de Celeste empezó a dar saltos.

–Eso estaría bien, Benton –consiguió decir, con una voz más o menos firme.

–Llámame Ben.

–Ben –asintió ella.

–Podría llamarte cada trimestre para contarte cómo van las cosas.

¿Cada tres meses? ¿Era de eso de lo que estaba hablando?

Sí, claro, sólo hablaba de la empresa de su padre, que pronto sería *su* empresa. No estaba hablando de mantenerse en contacto a nivel personal.

«Sigue adelante con tu vida, Celeste». Benton Scott no era un hombre que buscase una relación sentimental. Y después de haber tenido que renunciar a la empresa Prince, tampoco ella debería estar pensando en eso.

–¿Te gustaría que nos quedásemos aquí esta noche?

Si era sincera, debía decir que lo deseaba más de lo que había deseado nada en su vida.

Pero si pasaba más tiempo en sus brazos, en su cama, sería muy difícil marcharse. Aquél podía haber sido un encuentro casual, pero había despertado en ella unos sentimientos inesperados. Sí, sería más seguro marcharse ahora para salvaguardar su corazón.

–Prefiero irme a casa.

¿Era su imaginación o Ben la había abrazado con más fuerza?

–Vamos a terminar este baile.

Cuando la canción terminó, la letra estaba grabada en su cabeza y en su corazón para siempre.

Pero había llegado el momento de marcharse.

Capítulo Cinco

¿Nochevieja?

Bah, un rollo, pensó Celeste, dejándose caer sobre un asiento de plástico en el aeropuerto de Sidney. Unos minutos antes se había despedido de Brooke, que se había ido a la romántica isla de Hamilton, en el gran arrecife de coral, para pasar la Nochevieja. Brooke y Pip, una amiga suya que trabajaba en una agencia de viajes, le habían suplicado que fuera con ellas: alojamiento de lujo, fiestas todas las noches…

Celeste dejó escapar un suspiro. No tenía fuerzas para eso.

Le encantaría irse de vacaciones, pero ya no lo veía todo de color de rosa. Aunque le gustaría ser más fuerte, aún intentaba acostumbrarse a la idea de que había perdido la empresa familiar. Y luego había otro problema…

Irse de viaje con Brooke y Pip sólo serviría para deprimirlas, y las pobres merecían unas vacaciones. Y si tenían la suerte de encontrar a alguien que les gustase…

Ella no quería estar en esa situación; con una

copa en la mano y apartando con la otra a una docena de cavernícolas borrachos.

Habían pasado seis semanas desde que se despidiera de Benton Scott, y cada vez que miraba a un hombre lo único que sentía era total indiferencia. Ninguno podía compararse con él.

De pronto sintió un cosquilleo en la nuca, como la caricia de la brisa. Y un segundo después, oyó un murmullo en su oído:

—Hola.

Celeste se dio la vuelta, con el corazón en la garganta. Y allí estaba, a su lado.

—¡Benton!

Mientras él daba la vuelta para sentarse a su lado, Celeste tuvo que contener el impulso de echarle los brazos al cuello. Estaba tan guapo...

Los vaqueros gastados abrazaban sus piernas como le gustaría hacerlo a ella. Llevaba la camisa remangada, dejando al descubierto sus poderosos antebrazos morenos...

—¿No te dije que me llamases Ben?

—Ah, sí, claro, ya me acuerdo.

—¿Qué estás haciendo aquí? —preguntaron los dos a la vez.

Y luego:

—Tú primero —también los dos a la vez.

—He venido a despedir a mi amiga Brooke.

—Brooke... la chica que te ayuda en la tienda, ¿no?

–Eso es. Brooke y otra amiga se han ido a pasar unos días de vacaciones a la isla de Hamilton.

–Ah, sé que en esa isla organizan unas fiestas tremendas. ¿Por qué no has ido tú?

–Porque estoy muy ocupada en la tienda… en fin, tengo cosas que hacer.

–Es una pena. Imagino que te vendría bien un descanso.

Pero si hubiera subido a ese avión, no se habría encontrado con él, pensó Celeste. Había soñado muchas veces con ese encuentro, pero nunca pensó que pudiera hacerse realidad.

–¿Qué haces tú aquí?

–Acabo de llegar de Perth.

«Estupendo», pensó Celeste.

–Entonces debes de estar cansado.

–He estado en Perth desde antes de Navidad.

–¿Por trabajo?

–Una mezcla de todo. Un amigo mío quería que le diese mi opinión sobre… –Benton no terminó la frase–. Pero imagino que tendrás que irte, ¿no? Es Nochevieja. Imagino que irás a alguna fiesta.

La habían invitado a varias, pero había rechazado todas las invitaciones. Por la misma razón por la que no había ido a la isla de Hamilton, porque sería un estorbo para los demás. ¿Pero cómo podía explicarle eso a Benton Scott?

–En realidad, como estoy tan ocupada en el trabajo, había pensado irme pronto a casa.

–¿Estás muy cansada?

–Pues…

–Es que acaban de invitarme a una fiesta y… –Ben hizo un gesto con la mano–. No, déjalo, no quiero molestarte más.

–No me estás molestando –rió ella.

–La fiesta es en mi edificio. ¿Te apetece ir?

–Pues… sí, la verdad es que sí.

–¿Tienes que cambiarte de ropa?

Celeste miró su vestido de punto negro y las chanclas plateadas.

–¿Tú qué crees?

–A mí me parece que estás preciosa –sonrió Ben, tomándola del brazo.

Sólo tenía que decirlo en voz alta para que Celeste lo creyera. Mientras salían de la terminal, se sentía la mujer más guapa del mundo. Una mujer para quien, de repente, había salido el sol.

–¿Te llamas Cindy?

Celeste negó con la cabeza.

–Celeste.

Reece, el hombre que Ben acababa de presentarle, se puso una mano detrás de la oreja para intentar oírla bajo el estruendo de la música.

–¿Sheryl?

–¡Celeste!

–Ah, bienvenida, Celeste. Cualquier amiga de Ben es amiga mía. Toma lo que quieras.

–Gracias.

La fiesta parecía divertida, pero ella hubiese preferido estar en el yate, los dos solos, derritiéndose uno en brazos del otro. Su encuentro aquella noche debía de haber sido cosa del destino...

¿Pero qué tendría el destino preparado para el día siguiente?

Alejándose de Reece, Celeste se abrió paso entre la gente para llegar hasta Ben, que estaba abriendo una botella de champán.

–¿Toda esta gente es amiga tuya?

–No, todos no –sonrió él, llenando dos copas–. Por nosotros.

No sabía qué había querido decir, pero Celeste brindó con él. Al menos estaban juntos, y cuando la fiesta terminase...

Un hombre alto y delgado se abrió paso hasta la barra y le dio a Ben una palmadita en la espalda.

–Benton, ¿cómo estás?

–No sabía que ibas a venir –sonrió él–. Malcolm, te presento a Celeste Prince.

–Encantado. Y estaré más encantado si dejas que recupere el dinero que me ha ganado tu novio. ¿Qué te parece, Ben? Dejo que tú tires primero.

–No, nada de billar esta noche.

–Sólo una partida, venga.

–A mí no me importa –dijo Celeste–. Me gusta el billar.

Malcolm le pasó un brazo por los hombros.

–Ben, cada día tienes mejor gusto con las mujeres.

Lo había dicho como un cumplido, pero Celeste recordó los preservativos en el yate. Ella había aceptado la invitación y no se arrepentía, ¿pero era una tonta al creer que la decisión de hacer el amor había sido suya? ¿No sería más realista admitir que había sido seducida por Ben como, sin duda, lo habían sido tantas otras mujeres?

Claro que ella era una adulta y, por lo tanto, no podía culpar a nadie de sus propias decisiones.

–¡Te apuesto cien dólares!

–No, en serio…

–A mí no me importa, de verdad –insistió Celeste.

–¿Estás segura? Presenciar una partida de billar no es lo que una mujer quiere hacer en Nochevieja.

Ben era un encanto, pero evidentemente tenía demasiados estereotipos en lo que se refería a las mujeres.

–A mí me gusta el billar.

Unos minutos después entraban en una habitación, dejando atrás el ruido de la fiesta.

–Tiras tú primero –sonrió Malcolm.

–Malcolm y yo tenemos un acuerdo –dijo Ben, guiñándole un ojo.

–Sí, el acuerdo es que jugamos los dos y él siempre gana –rió su amigo–. Pero eso se va a terminar.

Celeste se puso cómoda sobre un taburete para verlos jugar. Pero fue una partida rápida y ganó Ben.

Malcolm apoyó el taco sobre el tapete, pasándose la otra mano por el pelo.

–Una partida más, seguro que ahora te gano.

–No, esta noche no.

–Doble o nada. Venga, hombre... Celeste es una chica estupenda, seguro que no le importa.

Celeste decidió que era el momento de actuar. De modo que saltó del taburete, le quitó el taco de la mano, se apoyó en la mesa... y envió tres bolas a sus correspondientes esquinas.

–No, no me importa. Ya os he dicho que me gusta el billar.

Ben y Malcolm se miraron, atónitos.

–Ha sido un golpe de suerte.

Celeste volvió a tirar y envió otra bola a la esquina.

–¿Sabes jugar de verdad? –rió Ben.

–Pues claro.

—Ah, esto se pone interesante —dijo Malcolm entonces, volviendo a colocar las bolas—. Te dejo tirar a ti primero.

—No me hagas ningún favor —rió ella.

—Venga, empieza.

Celeste metió seis bolas en sus esquinas, dejando a Ben perplejo. Y cuando por fin falló, él prácticamente la apartó de un empellón.

—Me toca a mí.

Celeste apoyó la mejilla sobre el taco. Lo estaba pasando en grande.

Cuando Ben consiguió meter las siete bolas, tenía la frente cubierta de sudor. Luego, concentrado, se apoyó en la mesa para hacer chocar la bola blanca contra la negra, y Celeste contuvo el aliento… pero la bola se quedó a un centímetro de la esquina.

Y él apretó los labios, enfadado.

Demasiado educada para ponerse a dar saltos, Celeste se preparó para golpear la bola negra mientras Ben se tomaba la copa de un trago.

Pero entonces se abrió la puerta corredera que daba al balcón y el joven borracho que entró dando trompicones chocó contra la mesa enviando la bola al agujero.

Celeste soltó una palabrota, Ben sonrió y Malcolm saltó del taburete.

—Este patoso le ha estropeado el golpe, pero yo apuesto por tu amiga.

–No, ya hemos terminado por hoy –dijo Ben, tomando a Celeste del brazo para salir de la habitación.

–¿Dónde vamos?

–¿Quieres que nos quedemos?

No, pero tampoco quería irse a casa.

–¿Hay alguna alternativa interesante?

Ben dijo algo, pero era imposible entenderse con el ruido de la música, de modo que tiró de ella para salir del apartamento.

–Podemos ver los fuegos artificiales desde mi balcón –sonrió, llevándola hacia el ascensor–. A menos que prefieras ir a otro sitio...

¿Su balcón? ¿Se refería a su apartamento?

El corazón de Celeste se aceleró al pensar que iban a estar solos otra vez... sobre todo después de aquella competitiva partida de billar.

¿Habría pensado en ella durante esas seis semanas? ¿Habría vuelto a acordarse o sencillamente estaba aprovechando la oportunidad porque se había presentado?

La posibilidad de volver a hacer el amor con él era tan emocionante como peligrosa, como tirarse de un precipicio con los ojos vendados. Pero ¿y si para él no era más que un buen revolcón?

¿De verdad quería eso?

Por otro lado, Ben le había pedido que se quedase aquella noche en el yate; fue ella quien declinó la oferta. Tal vez, si no lo hubiera hecho, él la habría llamado...

En cualquier caso, ¿no podía dejar de darle mil vueltas a todo y disfrutar de aquel hombre fantástico durase lo que durase?

—Lo de tu balcón suena bien.

Dos minutos después llegaban a su ático, y Ben la llevó a un salón con suelos de madera clara, sofás de piel y mesas de cromo. Un sitio muy masculino.

—Estoy impresionada.

Una de las paredes era enteramente de cristal, y en una hora el cielo se iluminaría con los fuegos artificiales. Los organizadores del espectáculo en el puerto de Sidney siempre intentaban superarse a sí mismos y aquel año, supuestamente, iba a ser impresionante.

—Tienes una vista increíble desde aquí.

—¿Dónde has aprendido a jugar al billar?

Celeste sonrió. No había tardado mucho en sacar el tema. Cuando se volvió, Ben estaba muy cerca, tan cerca que podía notar el calor de su cuerpo.

—Mi padre me enseñó cuando era muy joven, y practiqué todas las tardes durante un año. Teníamos una sala de juegos en el internado...

—¿Jugabas al billar en un internado de chicas?

Celeste soltó una carcajada.

—Oye, que el talento de una mujer no se limita a tener niños y aplicarse el maquillaje. ¿De qué siglo eres?

—¿Quieres decir que no esperabas dejarme sorprendido?

—Bueno, en realidad sí lo esperaba.

—¿Y qué otras sorpresas me tienes reservadas?

A Celeste no se le ocurría ninguna, pero decidió hacerse la misteriosa.

—No serían sorpresas si te lo dijera.

—Dímelo de todas formas.

—No sé si estás preparado.

—Seguro que sí. Siempre estoy preparado para ti.

Irresistible… y arrogante. Un chico malo, desde luego.

—¿Ah, sí?

Su sonrisa era tan ardiente que no podía haber ninguna duda: quería repetir lo que habían hecho en el yate. Y la verdad era que ella quería que la tomase en brazos, que la llevase al dormitorio y la besara hasta que no supiera qué día era. Había pensado a menudo en acostarse con él otra vez, ¿pero quería ponérselo tan fácil?, se preguntó. Porque eso era lo que Ben parecía esperar.

«Siempre estoy preparado para ti».

Lo había dicho de broma, pero lo había dicho de todas formas. Y cuando se acercó un poco más, Celeste salió al balcón para tranquilizarse un poco.

Si se acostaba con Ben esa noche, le dolería que no volviese a llamarla. Claro que podía ser sincera y preguntarle si tenía intención de volver a verla, pero eso representaba un problema... para empezar, que podría quedar como una tonta. No, sería mejor hablar de otra cosa.

—He estado haciendo planes para abrir un servicio de floristería exclusivo. Era algo que quería combinar con la empresa de mi padre, pero... he tenido tiempo para pensar y ahora estoy segura de que eso es lo que quiero hacer.

—¿Se lo has contado a tu padre?

—No, ¿para qué? Él me ofreció dinero para que abriese otra tienda de bolsos, pero no lo acepté.

Ben apoyó los codos en la barandilla del balcón.

—¿Por qué no?

No era fácil explicarlo sin parecer una desagradecida...

—Para empezar, si mi padre me diese el dinero para la tienda, sentiría que era suya, no mía. Y yo quiero seguir adelante por mi cuenta, sin depender de nadie —contestó Celeste.

Pasara lo que pasara, el futuro sería suyo, las decisiones, los errores, las recompensas.

—Tu madre estaría orgullosa de ti.

Ella le había dicho lo mismo aquella noche, en el yate. ¿Cómo sería no haber conocido nunca a tus padres, saber que estabas solo en el mundo? Debía de ser como si te faltara una pieza de ti mismo, y ella no podía imaginar sentirse tan desplazada. Y, sin embargo, Ben había triunfado en la vida.

Y tal vez era el momento de hablar del asunto.

–¿Cómo va la empresa Prince?

–Bien –contestó él–. Hemos cancelado la deuda, he hablado con todas las franquicias para decirles cómo quiero que se hagan las cosas... sí, estoy contento. ¿Qué tal lo llevas tú?

Celeste se apartó el pelo de la cara.

–Ya me he acostumbrado a la idea –contestó. No era cierto, pero quizá algún día lo sería–. Y me alegro de que mi padre consiguiera un buen trato.

–¿Y con respecto al hijo que va a tener?

Ella dejó escapar un suspiro.

–Bueno, eso sigue siendo un poco raro, pero imagino que me hará ilusión cuando nazca. Estará bien no ser hija única por fin. Mejor tarde que nunca.

Benton se apartó de la barandilla.

–¿Quieres una copa?

–¿Te has preguntado alguna vez si tendrás hermanos por ahí? –le preguntó Celeste entonces, cambiando de tema.

–Prefiero no hablar de eso ahora –sonrió Ben–. ¿Quieres ayudarme a preparar una ensalada? La chica que limpia el apartamento me ha llenado la nevera esta mañana, pero tengo que descongelar un par de filetes.

–Muy bien.

Ben no tenía parientes, pero eso no había impedido que saliera adelante en la vida, que estuviera seguro de sí mismo. Ella, por otro lado, siempre se había agarrado a su padre, y ahora que ese pilar había desaparecido se sentía como a la deriva. Y aquella noche, sus conflictivos sentimientos por Ben no la estaban ayudando nada. ¿Podría aquella relación ir a algún sitio? Y si era así, ¿qué significaba eso para su futuro? Un futuro que parecía tan claro hasta seis semanas antes, pero que ahora estaba en el aire.

Celeste entró de nuevo en el apartamento y se colocó a su lado tras la encimera de granito negro para cortar lechuga, tomates y cebollas mientras Ben se encargaba de descongelar los filetes.

–¿Sueles cocinar?

–Casi todas las noches… dame la pimienta, por favor –contestó él.

Celeste levantó la cabeza para mirarlo y, al hacerlo, se le resbaló el cuchillo de las manos.

–¡Ay!

–A ver… –Ben se acercó enseguida para poner su mano bajo el grifo de agua fría–. No es un corte profundo, no te preocupes. ¿Ves? No es nada.

Salió un momento de la cocina para volver con

un botiquín y, después de ponerle una tirita, inclinó la cabeza y puso los labios sobre la herida. Era un gesto tan pequeño y, sin embargo, tan emocionante. ¿Sabría Ben el efecto que ejercía en ella? La repuesta inteligente era: por supuesto.

–Tengo que apartar los filetes del grill… se están haciendo demasiado.

–Estarán riquísimos, no importa –sonrió Celeste, moviendo su dedo con la tirita–. Gracias.

–De nada. ¿Quieres que te corte el filete?

–¿También quieres darme de comer?

Era una broma, pero en su mente apareció la imagen de ellos dos dándose de comer el uno al otro… y sin poder terminar porque el deseo hacía que se devorasen.

Sonriendo, Ben tomó los platos para sacarlos al balcón.

La cena sabía mejor que nada de lo que ella hubiera cocinado últimamente. Sin dejar nada en el plato, Celeste se dejó caer hacia atrás en la silla.

–Puedes cocinar para mí cuando quieras.

–Me alegro de que te haya gustado –dijo él, mirando el reloj–. Es casi medianoche.

Iba a besarla, pensó, todo el mundo se besaba en Nochevieja. ¿Pero qué pasaría después? ¿Debía hacerle saber que también ella quería más? ¿Y si Ben no entendía la pista?

¿Y si la entendía?

El ruido en la calle aumentaba por segundos:

gritos, petardos, canciones. A la gente de Sidney le encantaba la Nochevieja, y aquel año su alegre ciudad se había convertido en un espectáculo.

Ben volvió a mirar el reloj y luego estudió el famoso puente de Sidney, que estaba a punto de iluminarse con todos los colores del arco iris.

—En caso de que estés preguntándotelo, voy a besarte.

Celeste tragó saliva, pero se encogió de hombros, como si no tuviera importancia. Si él podía bromear al respecto, también podía hacerlo ella.

—No estaba pensando en eso.

Desde abajo les llegó la cuenta atrás…

Diez, nueve, ocho…

Ben, recortado dramáticamente entre la luz y la sombra, tomó su mano.

—Llevo toda la noche deseando hacer esto.

Cinco, cuatro, tres…

Celeste quería besarlo, ¿pero qué quería Ben de ella?

Mientras lo miraba a los ojos resonó un grito de «Feliz Año Nuevo» y el cielo se iluminó con los fuegos artificiales. Mientras todo explotaba a su alrededor, Ben llevó hacia atrás sus manos unidas y la apretó contra su pecho.

—Hay estrellas fugaces esta noche, Celeste. Pide un deseo.

Su presencia era tan fuerte, tan masculina, tan hipnótica, que apenas podía respirar.

–Pídelo tú.

–Me gustaría que te quedases esta noche.

Su piel ardía, las piernas se le doblaban. ¿Qué quería? ¿Dónde llevaría aquello?

–No estoy segura…

–Entonces tendré que convencerte –murmuró él, bajando la cabeza para buscar sus labios–. Feliz… –un beso– Año –otro beso– Nuevo…

Tomando su cara entre las manos, la besó despacio, profundamente, con el deseo y la pasión con los que Celeste había soñado durante esas semanas.

–Sí –murmuró, sin abrir los ojos.

Capítulo Seis

A Celeste le daba igual que fuese o no la decisión más acertada porque sabía que era la más acertada en aquel momento. Con los fuegos artificiales, la alegría de la gente, la música sonando en la calle, Ben la llevó a su dormitorio y ella lo siguió.

El olor de la pólvora quemada, mezclado con el olor masculino de su cuerpo y las sombras de la pared hacían que aquél pareciese un momento surrealista.

Sin dejar de mirarla a los ojos, Ben le quitó el vestido… y luego sonrió.

Y ella sabía por qué: el conjunto de encaje negro de sujetador y tanga era de lo más sexy.

Desde luego, había sido una suerte que el destino guiara su mano esa tarde cuando se vistió para ir al aeropuerto.

Había soñado con estar frente a Ben llevando ese conjunto, pero su fantasía no había llegado tan lejos… no, no se le había ocurrido que Ben pudiera estar acorralándola frente a la cama con ese brillo travieso en los ojos dos minutos después de la medianoche el día de Año Nuevo.

Cuando se dejó caer sobre la cama él la siguió y, tomando su cara entre las manos, la abrasó con un beso perfecto. Lo que ocurría allí dentro no tenía nada que envidiar a los fuegos artificiales de fuera. El único espectáculo que merecía la pena aquella noche tenía lugar allí, en la habitación de Benton Scott.

—He pensado mucho en ti, Celeste.

¿De verdad habría pensado en ella? ¿Debería ser sincera con él?

—Yo también —dijo por fin.

Ben la besó en el cuello, despertando una oleada de deseo que la impidió seguir pensando. No quería pensar en nada más que en las sensaciones que provocaban sus caricias. Ya tendría tiempo para diseccionar lo demás. Ahora no…

Celeste tiró de su camisa para ayudarlo a quitársela, acariciando el granito humano que tanto le gustaba, más caliente y más vital de lo que recordaba. Y Ben empezó a quitarle el sujetador, tirando de ella para tenerla más cerca.

—Voy a hacer que cumplas tu promesa.

—¿Qué promesa?

—Quedarte toda la noche.

Ben la dejó sobre el edredón y, cuando inclinó la cabeza para acariciar sus pechos con la lengua, Celeste estuvo a punto de desmayarse.

—Me gustas más desnuda —murmuró.

Nadie le había hablado nunca de esa forma, y

debía confesar que le gustaba. Casi sin respiración, Celeste levantó las caderas y dejó que le quitase las braguitas. Y se mordió los labios para contener un gemido cuando el canto de su mano rozó el interior de sus muslos.

Se agarró al edredón cuando los expertos dedos de Ben empezaron a atizar el fuego hasta que, justo antes del momento crucial, se apartó. Celeste abrió los ojos y encontró su colosal silueta frente a ella, de rodillas sobre la cama.

Tomándola por las caderas, Ben tiró de ella hasta dejarla sentada sobre sus muslos, rozándola con su erección pero sin entrar en ella todavía. Celeste le echó los brazos al cuello, y ésa pareció ser la señal porque de repente lo sintió dentro.

Había estado loca al pensar que Ben podría no querer hacer el amor esa noche. Al día siguiente pensaría lo que debía hacer. Por el momento, la idea de hacer el amor con Ben Scott una vez más era lo único que importaba.

Celeste se quedó dormida al amanecer, pero la despertó el aroma a café recién hecho. Antes de abrir los ojos recordó las horas sublimes que había pasado en la cama con Ben…

Estirándose, tuvo que sonreír.

La vida era maravillosa.

—Ya era hora.

Ben, en vaqueros y camiseta blanca, entró con una bandeja en la mano y Celeste se incorporó, sintiéndose un poco ridícula por taparse con la sábana. Ya lo había visto todo, lo habían hecho todo. No había nada que esconder. Y sin embargo, cuando la miró mientras dejaba la bandeja sobre la cama se puso colorada. Se sentía más libre con él que con cualquier otro hombre que hubiese conocido y, sin embargo, nunca se había sentido más vulnerable.

La noche anterior había terminado y empezaba un nuevo día.

¿Adónde iban a partir de ese momento?

–¿Leche?

–Sí, gracias.

–¿Azúcar?

–Una cucharadita.

–Acabo de hacerlo, no soporto el café instantáneo.

Cuando Ben se sentó al borde de la cama, Celeste tuvo que hacer lo imposible para sujetar la taza con una mano y la sábana con la otra.

–¿Qué haces? –sonrió él, tirando de la sábana.

En lugar de taparse de nuevo, Celeste contuvo el aliento como había hecho en la playa.

–Me siento un poco… incómoda.

–¿Por qué? Quiero que te sientas cómoda sabiendo que eres preciosa. Y esta mañana estás resplandeciente.

Luego inclinó la cabeza para darle un beso en ambos pechos y se incorporó para besarla en los labios.

Cuando se apartó, Celeste quería tirar de él y seguir besándolo. La afectaba de una forma que desafiaba al sentido común. Era como si lo conociera desde siempre, como si estar con él fuese volver a casa de alguna forma. ¿Sería lo mismo para Ben?

—¿Qué hay en la bandeja?

—Magdalenas, cruasanes, mantequilla, miel y mermelada.

—¡Qué maravilla!

Ben hizo girar un imaginario mostacho.

—Todo con un propósito malvado, por supuesto. Vamos a comer en la cama.

—¿No temes que se llene de migas?

—Lo soportaré —sonrió él, tumbándose a su lado y cruzando los pies descalzos.

Celeste comió con gusto… de hecho, nunca había disfrutado tanto de un desayuno. Entre bocado y bocado, charlaron sobre cosas sin importancia.

—Podría comer más, pero había pensado que podríamos ir a dar un paseo… y buscar un sitio agradable para comer, ya que son casi las doce.

—¡Las doce! —exclamó Celeste. Había estado tan ocupada comiendo y fijándose en los bíceps de Ben, evidentes bajo la camiseta, que ni siquiera se había molestado en pensar en la hora.

–Yo ya he nadado un rato, he hecho abdominales… tenías una expresión tan feliz que no me he atrevido a despertarte.

–Normalmente ya he hecho un millón de cosas a esta hora.

–Hoy es Año Nuevo, no tienes que trabajar. Además, anoche nos dormimos muy tarde.

–Sí, eso desde luego.

–Feliz Año Nuevo, Celeste. Me quitaría la ropa y me metería en la cama contigo, pero seguramente querrás que te deje en paz un rato.

No, no. Pero ésa no era la respuesta correcta. No debería mostrarse demasiado entusiasmada después de haberse acostado con él la noche anterior sólo porque se habían encontrado en el aeropuerto.

–Me vendría bien darme una ducha.

Le gustaría añadir: «Después de eso soy toda tuya».

¿Pero lo era? Aquella mañana su atracción por él era aún mayor y quería volver a verlo. Aunque estuviera insegura de muchas cosas en su vida, estaba absolutamente segura de eso. Pero si aquello no iba a ningún sitio, si lo de la noche anterior no había sido más que una diversión por parte de Ben y nada más, prefería saberlo.

Como si hubiera leído sus pensamientos, él se terminó el resto del café y se levantó de un salto.

–Hay toallas limpias en el cuarto de baño,

pero me temo que no puedo ofrecerte un cambio de ropa.

–No importa.

Media hora después, se sentía vivificada y estupenda. Diez minutos después de eso, se sentía feliz paseando por la ciudad del brazo de Ben. Todo el mundo parecía sonreírle al pasar.

Encontraron un café turco y charlaron un poco de todo mientras comían en la terraza. Ben la hacía reír contándole anécdotas de su vida, por ejemplo que el año anterior se había vestido de Santa Claus para los hijos de un amigo suyo y que, cuando empezó a cantar villancicos en el jardín, todos los perros del vecindario se pusieron a ladrar.

Después de comer volvieron a pasear un rato por la zona de las tiendas. Empezaba a atardecer cuando Ben se detuvo para mirar un escaparate.

–¿Es parecida a la tuya?

Celeste vio que estaba señalando una esfera de cristal transparente.

–¿Mi bola de cristal? –rió.

Era transparente, pero en el fondo tenía una especie de neblina que le recordaba su futuro; lo que una vez había parecido claro ahora estaba cambiando, transformándose, incluyendo lo que estaba pasando con Ben.

–Parece auténtica, pero no me convence.

–¿Crees que podrías distinguir una falsa de una real? –rió Celeste.

–Si existe alguna que sea real.

–¿Tú crees que existe… eso, algo real? –la pregunta tenía un doble sentido, y Ben se dio cuenta, pero prefirió hacerse el tonto.

–No lo sé, pero imagino que todos los magos no pueden equivocarse.

No parecía dispuesto a hacer planes, eso estaba claro. No le había preguntado si quería ir al cine con él la semana siguiente, si podía llamarla por teléfono… ¿no era eso lo que solía ocurrir cuando una cita iba bien?

Pero las cosas habían cambiado. Ahora las mujeres llamaban a los hombres, y Celeste quería saber. Si la respuesta era «no» o «ya veremos», lidiaría con ello.

–Pensé que ya no estábamos hablando de la bola de cristal.

–¿Ah, no? ¿Y de qué estábamos hablando entonces?

–Me gustaría saber… ¿lo nuestro es real, Ben?

–Lo que compartimos anoche fue cien por cien real –dijo él.

–¿Y hoy?

–Si estás preguntando si quiero volver a verte, desde luego que sí. Si estás preguntando si quiero una relación seria… –Ben sacudió la cabeza–. No, me temo que eso no va a cambiar.

Quería verla otra vez, y eso la alegraba. Le gustaba estar con ella, acostarse con ella, pero si estaba buscando algo más... sencillamente, Ben no estaba dispuesto a ofrecérselo.

Apartándose el pelo de la cara, Celeste intentó sonreír, pero le temblaban los labios.

–Ya veo –fue todo lo que pudo decir.

–Mira, sé que mereces una explicación...

–Lo he entendido, déjalo. Podemos volver a vernos, cenar juntos, reírnos, jugar al billar, acostarnos juntos o no...

Se preguntó entonces si no sería la única. Tal vez Ben salía con otras mujeres, se acostaba con otras...

–La verdad es que no estoy preparado para tomar un arco, apuntar y ver si doy en la diana del «felices para siempre».

–¿Y yo soy el arco o la diana? –intentó reír ella. Desde luego, no parecía ser el final feliz.

–No intento engañar a nadie ni hacer creer que soy más de lo que soy –siguió él–. Tener una relación seria suele llevar al matrimonio, y el matrimonio a tener hijos.

¿Hijos? Sí, como el resto de la humanidad, un día ella quería tener una familia. Pero la maternidad le parecía estar a años luz; antes tenía muchas cosas que hacer.

–Yo no tengo la menor intención de quedarme embarazada.

–No, claro que no. Nadie debería traer hijos al mundo a menos que estuvieran completamente seguros de lo que hacen. Pero lo que hoy es seguro no tiene por qué serlo mañana.

—Supongo que es difícil olvidar que uno ha crecido en una casa de acogida, te entiendo.

—Hay que estar ahí para vivirlo —murmuró él.

Celeste asintió con la cabeza. No podía imaginar que sus primeros recuerdos fuesen la soledad y el abandono. El padre que Ben no había conocido lo había abandonado, ¿pero debía dejar que esa decepción lo acompañase toda la vida?

Respetaba a Ben y se había metido en aquella relación con los ojos abiertos, pero era evidente que, si no olvidaba esa triste infancia, un día acabaría muy solo.

—¿Has tenido suerte con ese investigador privado que estaba intentando localizar a tu padre?

—No, por ahora nada.

—A lo mejor deberías probar en esa otra agencia que dijiste.

Ben arrugó el ceño.

—Lo he estado pensando. El detective es en realidad el primo de un amigo y a lo mejor debería contratar a un profesional de verdad.

Celeste esperaba que encontrase a su padre para hacer las paces si no con él, sí consigo mismo. También ella podría despreciar a su padre, pero entonces corría el riesgo de vivir con odio, y eso no era bueno para nadie. Tanto Ben como ella tenían que seguir adelante y evitar que el pasado tomase decisiones por ellos.

Suspirando, se detuvo en una parada de taxis. Cuando se puso de puntillas para darle un beso en la cara, tenía los ojos empañados, pero intentó disimular.

—Buena suerte.

Iba a abrir la puerta del primer taxi, pero Ben sujetó su mano.

—No te vayas aún.

El corazón de Celeste se partió por la mitad.

—Tengo que hacerlo.

—Te llamaré —dijo él.

—No, es mejor que no lo hagas.

Estaba a punto de enamorarse de un hombre que no era capaz de comprometerse con nadie, y no era eso lo que necesitaba en aquel momento. La pobre Brooke había estado en una situación similar el año anterior… aunque al menos Ben había ido de frente.

De modo que entró en el taxi y le dio la dirección de su casa al taxista. No quería mirar hacia atrás. Ni una vez. Pero cuando el taxi dobló la esquina tuvo que hacerlo. Ben seguía en la acera, como había imaginado.

Increíblemente guapo y tan solo.

Capítulo Siete

Después de saludar brevemente a los congregados en la sala de juntas, Ben fue directamente hacia Celeste y, conteniendo el deseo de tomarla por la cintura, se inclinó para darle un beso en la mejilla.

Sobresaltada, ella se dio la vuelta y el corazón de Ben se aceleró al ver el brillo de sus ojos... al notar el aroma familiar de su piel. Llevaban un mes sin verse, pero seguían sintiendo la misma atracción el uno por el otro, incluso más fuerte que antes.

Sin embargo, Celeste dio un paso atrás, y él entendía sus motivos. Creía que todo había terminado.

Pero se equivocaba.

—Hola, Ben.

—Me alegro de que hayas podido venir.

No dijeron nada más, pero se miraban a los ojos... hasta que Rodney se acercó. Sonriendo, el antiguo presidente de la empresa Prince le ofreció su mano.

—Benton, agradezco mucho tu invitación, aunque no era necesaria.

Ben tuvo que hacer un esfuerzo para apartar los ojos de Celeste.

–He convocado esta reunión para poner al día a todos los socios de las franquicias, pero pensé que también a ti te gustaría conocer los planes de expansión que tengo para la empresa.

–En el oeste de Australia y Nueva Zelanda –Rodney le dio una palmadita en la espalda–. Bien hecho, hijo.

Ben intuyó más que ver que Celeste daba un respingo.

De modo que seguía doliéndole que su padre no le hubiera dejado las riendas de la empresa…

La última vez que hablaron, ella tenía planes de abrir una cadena de floristerías y esperaba que eso la ayudase a soportar la decepción. Aunque si era justo, no podía ser fácil.

–Bueno, ¿y qué más planes tienes para Prince?

–Aún es pronto, pero tengo en mente unas estrategias de desarrollo que espero incorporar mientras me divierto con la primera expansión.

Otro respingo de Celeste.

Ben metió las manos en los bolsillos del pantalón. Tenían que hablar. A solas. Tenía muchas cosas que decirle y ninguna de ellas era relativa al negocio.

Rodney saludó a alguien al otro lado de la mesa de juntas.

–¿Me perdonáis un momento? James Miller

está a punto de marcharse y fue mi primer cliente. Tenemos una larga historia detrás.

–Sí, claro.

Cuando Rodney se alejó, Ben no perdió el tiempo y tomó a Celeste del brazo.

–¿Dónde me llevas?

–Quiero hablar contigo a solas.

–Imagino que no habrás convocado esta reunión para hablar conmigo.

–Ya he hablado con todos los que tenía que hablar.

Y había retrasado aquella reunión más de lo debido, pensó, mientras la llevaba a su despacho y cerraba la puerta.

Celeste tiró del bajo de su clásica chaqueta negra. La falda a juego era un poquito larga, en su opinión, y la blusa muy poco escotada. En realidad, le gustaría arrancarle la ropa, lencería incluida, pero tenían que hablar antes de retomar, si era posible, su relación.

Ben se acercó a la mesa para pulsar el botón del intercomunicador:

–Lin, no me pases llamadas. Si llama alguien, dile que estoy atendiendo un asunto urgente.

Celeste levantó una ceja.

–¿Yo soy el asunto urgente?

–Sí.

–Pero mi padre estará preguntándose dónde me he metido.

–Tu padre está en su elemento ahora mismo, no te echará de menos –dijo él.

–En caso de que te hayas hecho alguna idea... –empezó a decir Celeste, sorprendida– yo no quería venir.

–¿No?

–Sólo estoy aquí porque Suzanne no se encuentra bien y me ha pedido que viniese con mi padre.

Ben se detuvo a unos centímetros de ella. Celeste era bajita, pero voluptuosa y totalmente femenina. Perfecta para él.

–No tenías el menor deseo de volver a verme.

–Eso es irrelevante.

No lo era para él.

–No paro de pensar en ti desde que me dejaste tirado en esa esquina.

–Ya, claro.

¿Lo había hecho para atormentarlo? ¿Para castigarlo? En cualquier caso, aquel día pensaba arreglar la situación.

–Te he echado de menos, Celeste.

Ella se mordió los labios, como había hecho en Año Nuevo cuando empezó a besar sus pechos, su abdomen y más abajo... y ella sujetó su cabeza suplicándole que no parase.

–Ben, no me gustan estos juegos...

–Pero sí te gustan *nuestros* juegos –sonrió él.

–Mira, tengo que irme.

–¿No quieres que te dé la noticia?

–Me parece que ya he oído suficiente.

–He encontrado a mi padre.

Celeste se quedó helada.

–¿Qué?

–Es un profesor retirado, casado y con siete hijos.

–¿En serio?

Ben asintió con la cabeza.

–Llamé a su puerta y me abrió con una vieja camiseta de fútbol y un niño de unos cinco años de la mano.

–¿Su nieto?

–Sí –contestó Ben–. No sabía nada de mí, Celeste. Casi se le cayó la dentadura cuando le dije quién era.

–¿Cómo es posible que no supiera nada de ti?

–Aparentemente, no sabía que mi madre estuviera embarazada cuando rompieron, y no estaba en el país cuando yo nací. Imagino que intentaron localizarlo, pero al final debieron de renunciar. Y supongo que no ayudó mucho que adoptase el apellido de su nueva esposa y se convirtiera en Bartley-Scott.

Aunque, sabiendo lo mal que funcionaban los Servicios Sociales, estaba seguro de que tampoco lo habían intentado demasiado.

–¿Y qué ha pasado, qué te ha dicho?

–La verdad es que me cayó bien inmediatamente –Ben se rascó la cabeza–. Aunque su mujer y su hijo mayor me dejaron bien claro que no estaban tan seguros. Que eso de que alguien apareciese de repente anunciando que era un hijo perdido…

–Sí, imagino que no fue nada fácil.

Años antes, cada vez que lo llevaban a una nueva «casa» o empezaba en un nuevo colegio llevando ropa dos tallas más grandes, Ben había imaginado una jubilosa reunión con su familia. Debería haber sabido que la realidad no sería así.

–El segundo hijo va a casarse este fin de semana –siguió–. Se llama Christopher. Y a pesar de que noté alguna mirada atravesada, Gerard, mi padre, y Chris me han invitado a la boda. Es una invitación para dos.

Celeste lo entendió entonces.

–¿Quieres que vaya contigo? ¿No prefieres llevar a otra persona?

–No me digas que no te gustan las bodas.

–Tú sabes que no es por eso.

–Será una excusa para comprarte un vestido nuevo –bromeó Ben.

Celeste negó con la cabeza, aunque no pudo evitar una sonrisa.

–No…

–Oye, quiero volver a bailar contigo. Dime que sí.

A pesar de haberlo dejado plantado cuatro semanas antes, lo que sentía estando con ella era innegable. Y no tenían por qué separarse. Los dos eran adultos. ¿Por qué no podían seguir viéndose… durase el tiempo que durase? No había nada malo en ello, sólo ventajas.

–Lo siento, no puedo…

Ben la miró a los ojos. Hora de sacar el as de la manga.

–Le he hablado a mi familia de ti y quieren conocerte.

Celeste se quedó sin respiración. ¿Había oído bien?

–¿Les has hablado de mí?

Ben la miró con esos ojos que podían despertar un incendio en su interior.

–Desde luego.

–¿Y quieres que conozca a tu familia?

–¿Eso es un sí?

Celeste apretó los labios.

No había pasado una sola noche sin soñar con aquel hombre. O sin despertar recordando lo viva que la hacía sentir. En su coche, en su yate, en su casa… pero había sido fuerte y no lo había llamado, esperando contra toda esperanza que la llamase él.

Y entonces, la semana anterior, como su padre y Suzanne, había recibido una invitación para acudir al consejo de administración de la empresa Prince. Celeste estaba decidida a no ir. Tenía que olvidarse de la empresa Prince, de Ben, y seguir adelante con su vida.

¿Pero cómo iba a hacerlo cuando llevaba un retraso de casi dos semanas y empezaba a preocuparse de verdad? Aquella misma mañana había comprado una prueba de embarazo, pero no se había atrevido a hacérsela.

Claro que, si estaba embarazada, no podía ignorarlo o mantenerlo en secreto. Tendría que decírselo, pero sabiendo cuál era la posición de Ben con respecto a tener hijos…

Ben le había pedido que lo acompañase a una boda. Y no a cualquier boda, a la boda de su hermanastro, de su recién encontrada familia. Eso tenía que significar algo.

Y, a pesar de todo, Celeste quería que aquella experiencia fuese memorable para él. Sentirse conectado con una familia era algo que Ben necesitaba aunque aún no se diera cuenta. Y que quisiera ser parte de una celebración familiar tenía que ser buena señal. ¿Habría alguna oportunidad de que pudiesen hablar al menos?

—¿A qué hora irás a buscarme?

Ben sonrió.

—Es el sábado, a las tres. Iré a buscarte a las dos.

Ya estaba decidido.

—Muy bien, de acuerdo, pero ahora tengo que marcharme.

–Espera, hay una cosa más…

Ben la tomó por la cintura y, desprevenida, Celeste aceptó el beso como la tierra seca acepta la lluvia. Pero cuando se apartó se sentía mareada. Y lo peor de todo era que sabía que él podría verlo en sus ojos.

Maldito hombre.

–No he dicho que pudieras besarme.

–Pero debes saber que yo no pido permiso –sonrió Ben, quitándole la chaqueta.

–¿Qué haces? ¡Hay una habitación llena de gente a unos metros de aquí!

Dejando escapar un suspiro, Ben volvió a ponerse la chaqueta.

–Muy bien, de acuerdo, ve a reunirte con tu padre. Yo iré enseguida.

–Nos vemos el sábado. Yo tengo que ir a mi nuevo local para inspeccionarlo.

–¿Está cerca de aquí?

–¿Por qué?

–Porque me gustaría ir contigo.

–Pero tú tienes trabajo, gente a la que atender…

Ben se arregló el nudo de la corbata.

–Yo soy el jefe, así que puedo entrar y salir cuando quiera –sonrió, abriendo la puerta del despacho.

Celeste estuvo a punto de decir que no quería que fuese con ella, ¿pero cómo iba a hacerlo? Ben acababa de invitarla a la boda de su hermanastro.

Además, le encantaba estar en su compañía…

mientras la compañía no se metiese en aguas peligrosas. Por un montón de razones, acostarse juntos tendría que esperar.

De vuelta en la sala de juntas, Ben llamó la atención de los congregados.

–Tengo que irme a otra reunión, pero por favor, quédense y disfruten del desayuno que ha preparado mi secretaria. Gracias a todos por venir para compartir las buenas noticias.

Después de una ronda de aplausos, Ben volvió al lado de Celeste.

–Si quieres despedirte de tu padre, nos vemos en el vestíbulo. Así nos ahorraremos preguntas.

–Muy bien.

Unos minutos después se reunían de nuevo para ir al local, que sólo estaba a un par de manzanas de allí.

–¿El nuevo local es para la floristería de la que me hablaste?

–Sí, pero no será una floristería como las demás. Lo que quiero es convertirla en la floristería más importante de la costa Este, especializada en cestas de regalo y todo tipo de arreglos florales para eventos, celebraciones, fiestas…

–Tienes grandes planes.

–Por supuesto.

Poco después Celeste abría la puerta de cristal que llevaba a un local pintado en tonos rosas y azules.

–Los primeros pedidos se tomarán desde aquí –le explicó–. Pero cuando la empresa se haya asentado me gustaría comprar o alquilar un local en una zona industrial.

–Para ahorrarte alquiler.

–Sí, claro. Pero mantendré este local porque está en una buena zona. Es pequeño, pero será suficiente por el momento –murmuró Celeste, comprobando que los enchufes estuvieran bien instalados y que las superficies no tuvieran arañazos–. Parece que todo está bien.

–Estupendo –dijo Ben, tomando su mano–. ¿Qué tal si vamos a tomar algo?

–¿A tu casa, por ejemplo? –preguntó ella, levantando una ceja.

–Está muy cerca.

–No, yo creo que es mejor que nos veamos el sábado.

Así tendría tiempo para hacerse la prueba de embarazo e ir al médico si era necesario. Y decidir cómo iba a decírselo a Ben.

–Vamos, Celeste. ¿No eras una chica atrevida?

–La chica atrevida ha hecho la maleta y se ha marchado de vacaciones.

«Ser atrevida» era lo que la había metido en aquel lío. Bueno, eso y que la última vez olvidaron usar un preservativo. Pero desde el principio había sabido que Ben era peligroso para su corazón.

–Una pena. Había pensado que el domingo podríamos ir a navegar otra vez.

–Primero tenemos que vernos el sábado.

–No sé por qué, pero tengo la impresión de que en realidad quieres que me marche –sonrió Ben.

–¿Cómo quieres que te lo diga?

–¿Y si te beso otra vez?

Celeste dio un paso atrás, pero él la siguió hasta que su espalda chocó contra la pared.

–¿No te das cuenta de que pasa gente por la calle… y pueden vernos por el escaparate?

–¿Y si no hubiera nadie?

–Te pediría que te fueras de todas formas.

–¿De verdad?

Celeste intentó no dejarse convencer, aunque tenía que hacer un esfuerzo sobrehumano.

–¿Qué pasa? ¿Es que ahora eres irresistible?

–Dímelo tú.

Estaba tan cerca que podía notar el calor de su cuerpo pero, haciendo uso de toda su fuerza de voluntad, se encogió de hombros.

–Ben Scott, me temo que eres absolutamente *resistible*.

Pero cuando él rozó sus labios sintió que se derretía.

–¿Te acuerdas de la última vez que estuvimos juntos? –le susurró, al oído–. ¿Recuerdas lo bien que lo pasamos?

Celeste se puso colorada. Recordaba todo lo

que había pasado aquella noche, todas las maneras que inventaba para hacerla perder la cabeza.

Ben deslizó un dedo por el centro de su falda.

—¿De verdad no te acuerdas?

—Ben... la gente puede vernos.

—Ven mi espalda, nada más.

—Me habían dicho que eras un caballero.

—Sólo si tú quieres que lo sea —sonrió él, sin dejar de acariciarla.

—Sí... —consiguió decir Celeste—. Por favor.

Los ojos de Ben se clavaron en los suyos durante un segundo y luego, despacio, dio un paso atrás.

—¿No te importa quedarte sola para cerrar?

Ella dejó escapar un suspiro mientras asentía con la cabeza.

—No me importa en absoluto.

—¿Seguro? —insistió Ben.

—Sí, seguro.

—Entonces nos vemos el sábado, a las dos.

La mirada que lanzó sobre ella antes de irse le dijo que lo de aquel día sólo había sido un ensayo. El sábado pasaría al ataque directamente.

Capítulo Ocho

Aplaudiendo como el resto de los invitados a la boda, Ben se inclinó hacia Celeste, que estaba elegantísima.

–Éste debería ser el último discurso –murmuró–. Y luego empieza el baile.

Celeste le ofreció una sonrisa tentativa, pero él no pensaba echarse atrás. Después de separarse el lunes, los días habían pasado muy despacio. Aunque había merecido la pena.

Estaba siendo un día maravilloso. Ser incluido en una celebración familiar y aparecer en las fotografías de la boda... aunque a Rhyll, su madrastra, y a Paul, el hijo mayor, no les había parecido bien.

Ben no pensaba dejar que sus miraditas le aguasen la fiesta, sobre todo estando con Celeste, que llevaba un fabuloso vestido de gasa color limón.

Aunque era evidente que ella tenía sus reservas, estaba seguro de que pasarían la noche juntos.

Toda la noche.

Chris, el novio, se levantó para hacer su discurso, y los invitados permanecieron en silencio mientras contaba algunas anécdotas y agradecía la presencia de los invitados, anunciando que nunca olvidaría lo preciosa que estaba su novia.

Después de los primeros aplausos, Chris siguió:

–Y quiero aprovechar esta oportunidad para darle oficialmente la bienvenida a un nuevo miembro de la familia. Nosotros no teníamos ni idea de que mi hermano Ben existiera, pero me alegro mucho de que nos hayas encontrado.

Chris levantó su copa, y Ben tuvo que hacer un esfuerzo para controlar la emoción. No había esperado aquello, pero era conmovedor.

Gerard, su padre, también había levantado su copa y tenía los ojos empañados. Ben le devolvió la sonrisa, pero Rhyll, levantándose de la mesa en ese momento, dejó bien claro lo que pensaba del asunto.

Celeste puso una mano en su brazo, como para apoyarlo, y Ben se lo agradeció.

Pero tendría que encontrar una solución para ese problema y no sabía cómo hacerlo. Él no tenía experiencias familiares, de modo que no iba a ser fácil. Tal vez Rhyll sentía celos de la primera mujer de Gerard y temía el impacto de su repentina aparición en la familia, su matrimonio incluido. Paul veía amenazado su puesto como hijo mayor y le había dejado bien claro que no era bienvenido.

Ben había decidido ignorar las hostilidades y

quedarse en su sitio habitual observando a la familia desde fuera, pero algo le decía que no iba a ser tan fácil.

—Creo que están tocando nuestra canción —dijo Celeste entonces.

Él parpadeó, sorprendido. Sí, estaban tocando la canción que había puesto en el yate esa noche. Y Celeste se acordaba.

—¿Te he dicho lo guapísima que estás esta noche? —sonrió, llevándola a la pista de baile.

—Un par de veces —sonrió ella.

—Pues no es suficiente —murmuró Ben, enredando uno de sus rizos en su dedo—. ¿Llevas brillantina en el pelo?

—No, es una espuma que da brillo.

—Y huele muy bien —Ben arqueó una ceja—. Creo que estás intentando hacer que pierda la cabeza.

—Y tú estás intentando seducirme.

—¿Y lo hago bien?

—Pues… no sé. ¿Y si dijera que no?

—Entonces me vería obligado a no mostrar piedad —sonrió Ben, doblándola por la cintura estilo Fred Astaire.

—Si vuelves a hacer eso, me vuelvo a la mesa —rió Celeste.

—Tengo un repertorio de movimientos que podrían gustarte mucho más —bromeó él, deslizando una mano por su espalda hasta la curva de su trasero.

–¿Es una amenaza?

–Es una invitación.

Celeste apartó la mirada.

–Ya conozco tus invitaciones…

–¿Te estás quejando?

–¿Qué quieres que diga, que nos entendemos bien en la cama? Pues muy bien, es verdad.

–Ah, pues ahora que hemos aclarado eso...

–No hemos aclarado nada. Aún no.

Ben levantó su barbilla con un dedo.

–Huir el uno del otro no serviría de nada. Tú misma has dicho que nos entendemos.

–En la cama –le recordó Celeste.

Sin dejar de bailar, Ben la llevó hacia el jardín, deteniéndose frente a una enorme fuente con un Cupido de mármol.

–No tenemos que quedarnos hasta el final de la fiesta. Ya hemos cumplido con las formalidades.

–¿No quieres quedarte?

–Ha sido estupendo que me incluyesen en el gran día y les estoy muy agradecido, pero creo que sería más sensato dejar que los Bartley-Scott disfrutasen del resto de la fiesta sin el impostor.

–Oh, Ben… seguro que todo se arreglará algún día –dijo Celeste.

–Ahora mismo, lo único que me preocupa eres tú.

«Tocarte, besarte, hacerte el amor durante toda la noche».

Incapaz de esperar un segundo más buscó sus labios y, cuando Celeste por fin se rindió, la apretó contra su torso, entregándose a los embriagadores latidos de su corazón. Cinco semanas era demasiado tiempo. Si no la tomaba pronto, iba a explotar...

Pero el abrazo fue interrumpido.

–Ah, veo que hay dos tortolitos más.

Al reconocer la voz de Gerard, Ben tuvo que soltar a Celeste, que pasó las manos por su falda, nerviosa.

–Ha sido una boda estupenda. Gracias por invitarnos.

–No me trates con tanta formalidad –dijo Gerard, dándole una palmadita en la espalda–. Soy tu padre.

–Sí, perdona.

–Y hacéis una pareja estupenda...

–Muchas gracias.

–Ben, sé que mi mujer y mi hijo mayor se están mostrando muy fríos contigo...

Él hizo un gesto con la mano. No quería que Gerard se disgustase. Sabía que su repentina aparición había sido una sorpresa para todo el mundo.

–Pero ya se acostumbrarán a la idea –siguió su padre–. No tienes que preocuparte, ahora eres parte de la familia pase lo que pase.

Ben asintió. Eso sonaba bien.

Tal vez demasiado bien.

–Muchas gracias.

–Marie será una esposa estupenda para Chris –dijo Gerard luego, mirando hacia el salón.

–Es una chica muy agradable –asintió Celeste.

–Y una cocinera estupenda. Es italiana. ¿Tú sabes cocinar, Celeste?

–Sólo cuando no me queda más remedio –rió ella.

–Ah, y tiene sentido del humor. Eso es muy necesario en una relación.

Celeste carraspeó, y Ben se quedó helado. Ellos no tenían «una relación». Sólo se habían visto unas cuantas veces. Ellos tenían… un acuerdo. O lo tendrían cuando volvieran a su casa para comprobar lo que había dicho antes: que se llevaban bien en la cama.

No, mejor que bien. Mucho mejor que bien.

En el salón empezaron a sonar las notas de una canción romántica, y Gerard sonrió.

–He pedido que pusieran esta canción por Rhyll, es la que bailamos la noche que nos conocimos. Mi mujer tiene sus cosas, pero no me imagino la vida sin ella.

Esas palabras se quedaron con Ben. «Mi mujer tiene sus cosas».

Aparentemente, había mucho «toma y daca» en un matrimonio. Tenía que ser así para criar a siete hijos, claro. Él podía ganar millones y controlar los salarios de cientos de personas, pero no podía imaginar la responsabilidad de formar una familia. No había nada que lo asustase más... aparte de las infinitas obligaciones asociadas a ser padre.

¿Recordaría él su canción y la canción de Celeste en treinta años?, se preguntó entonces. Aunque no sabía por qué.

–Tal vez deberíamos volver al salón –sugirió ella.

–Sólo para despedirnos.

–¿Y luego?

–Te llevo a mi casa.

Celeste negó con la cabeza.

–No... no sé si es buena idea.

–Yo creo que sí lo sabes –dijo Ben, poniendo las manos sobre sus hombros.

Celeste lo miró a los ojos durante un segundo.

–¿Sabes lo que pienso de verdad? Que tenemos que hablar.

Ben asintió, tomando su mano para llevarla dentro. Claro que podían hablar, todo lo que ella quisiera.

Durante el desayuno.

Capítulo Nueve

Mientras el ascensor iba subiendo hacia el ático, Celeste iba encogiéndose cada vez más. Temblando por dentro, cerró los ojos e intentó calmarse.

En el coche habían ido charlando sobre cosas mundanas, pero ella no dejaba de preguntarse si debía contárselo. ¿Qué diría Ben? ¿Querría hacer el amor de nuevo?

La campanita del ascensor anunció que habían llegado al ático y unos segundos después estaban en el salón... con los recuerdos de la noche de Año Nuevo más vívidos y peligrosos que nunca.

–¿Quieres una copa? –le preguntó él, quitándose la chaqueta.

–No, prefiero beber agua –contestó Celeste.

Pero tuvo que hacer un esfuerzo para no ponerse el vaso helado en la frente. ¿A quién quería engañar? No la había llevado allí para hablar. Quería seducirla, y ella había ido de buena gana.

Y sí, quería que la besara, como quería que acariciase su cuerpo desnudo.

Pero sería mejor salir corriendo. Podrían «hablar» otro día.

Decidida, dejó el vaso sobre la mesa.

–Lo siento, he cometido un error.

–¿Celeste? –murmuró él, tomando su mano–. Estás temblando. ¿Qué ocurre?

Celeste se apartó el pelo de la cara, nerviosa. Ben era un hombre muy atractivo. ¿Explicaría eso que no pudiera dejar de pensar en él? ¿Pero cómo iba acostarse con él si sabía que Ben la dejaría cuando se hubiera cansado porque no quería saber nada de relaciones duraderas?

Si él supiera la angustia que había vivido durante los últimos días… preguntándose si estaba embarazada, comprando la prueba de embarazo, descubriendo luego el resultado…

Cuando Ben le pasó un brazo por la cintura, Celeste levantó la mirada. Desearía pasar los dedos por su mentón, tocar sus labios…

–Sé lo que necesitas –sonrió él.

También ella lo sabía: un psiquiatra.

–¿Ah, sí?

–Un masaje relajante.

Muy tentador, pero…

–No, me parece que no es eso.

Ben deslizó un dedo por su cuello, entre la oreja y la garganta y, de repente, un ejército de endorfinas despertaron a la vida.

Cerrando los ojos, Celeste dejó escapar un suspiro. Era como estar en el cielo…

–¿Por qué no has hecho eso antes?

–Lo estaba guardando para cuando lo necesitara de verdad –bromeó él–. ¿Te gusta?

–Tú sabes que sí.

–Puedo hacerlo mucho mejor.

Ben siguió acariciando su cuello, haciendo que se le doblasen las piernas. Nunca le habían dado un masaje, pero dudaba que nada pudiera compararse con aquello.

Ben empezó a besar su frente, sus sienes... cuando su lengua rozó la comisura de sus labios, las brasas que crepitaban dentro de ella se convirtieron en un incendio.

Él la empujó suavemente hacia el respaldo del sofá e inclinó la cabeza para besar su escote. Con los ojos cerrados, Celeste le pedía a su cerebro que funcionase... pero cuando tiró del corpiño del vestido y empezó a chupar uno de sus pezones, sus funciones cerebrales se apagaron del todo.

No quería resistirse.

Como si hubiera intuido que estaba rindiéndose, Ben metió los dedos bajo sus braguitas y empezó a acariciarla. Y Celeste, sin pensar, levantó las caderas. Pero entonces oyó que desabrochaba la cremallera de su pantalón y sintió el miembro masculino rozando su muslo...

¡No!

Aun drogada de deseo, consiguió empujarlo y recuperar el sentido común. Haciendo uso de todas sus fuerzas, se incorporó, intentando respirar.

—No puedo hacerlo.

—Celeste, cariño, tranquila…

—Estoy tranquila, Ben. He dicho que teníamos que hablar.

—Estoy seguro de que…

—Creí que estaba embarazada –lo interrumpió ella.

Ben cerró la boca de golpe. Se había quedado tan pálido como un cadáver.

—¿Embarazada?

—Pensé que lo estaba, pero al final no lo estoy.

—Entonces…. ¿no vas a tener un hijo?

—No, parece que no.

—Gracias a Dios.

Celeste dio un respingo. Aunque entendía su alivio, su reacción era como una bofetada.

—Bueno, me alegra de que te muestres tan aliviado.

—¿Por qué no iba a sentirme aliviado?

¿De verdad esperaba que la entendiese? Para cualquiera que no hubiera pasado por aquello podría no parecer importante, pero…

—Imagino que tienes que pasar por ello para entenderlo.

—He pasado por ello. Yo soy el producto de un embarazo no premeditado, ¿recuerdas?

Sí, lo recordaba, y entendía que pensara así. Pero ésa era su experiencia, aquélla había sido la suya.

—Cuando me di cuenta de que tenía un retraso

me llevé un susto de muerte. Luego, a medida que pasaban los días y cuanto más lo pensaba... en fin, empecé a acostumbrarme a la idea, y la verdad es que me parecía emocionante. Sentía una enorme responsabilidad sobre mis hombros, pero ya no me asustaba. Compré una prueba de embarazo en la farmacia y una parte de mí esperaba que diera positivo, pero no fue así.

–¿Dio negativo?

–Sí.

–Entonces ya está.

–No, ya está no. Porque para entonces ya había imaginado al niño, el color de sus ojos, cómo sería... –Celeste sacudió la cabeza–. Incluso había empezado a pensar en un nombre, en los muebles para su habitación. Me estaba comprometiendo con algo más pequeño que un guisante, pero que algún día se convertiría en una persona.

Cuando una mujer tenía un hijo, esa personita se convertía en lo único importante, y ella lo sabía. Las mujeres se sacrificaban por los hijos... lo llamaban instinto maternal. Los hombres no lo tenían. Ellos tenían el instinto de cazar, de llevar comida a casa. Seguramente la raza humana estaba diseñada para que la especie sobreviviera.

Su propia madre se había sacrificado. Anita había hecho lo que tenía que hacer para mantener unida a la familia, y eso significaba rescatar el negocio de su marido, por ejemplo, pidiendo dinero prestado a su padre y luego dando un paso atrás cuando Rodney pudo hacerse cargo del negocio.

Pero nunca le habían dado las gracias. De hecho, como director de la empresa Prince, su padre tenía absoluto control sobre los fondos, no su madre.

En los últimos días le había quedado claro lo impotente que debió de sentirse su madre la noche que lloró al lado de su cama. Derrotada, comprometida con un hombre que la respetaba como mujer y como esposa pero que estaba resentido porque había demostrado ser más lista que él. Y cuando Anita murió le había pasado a su hija ese legado…

Celeste no quería que nadie la ayudase, no quería apoyarse en nadie y no lo necesitaba.

Qué ironía que Ben fuese ahora el director de la empresa Prince.

—Mira, puede que yo no esté preparado para ser padre, pero por supuesto reconocería a mi hijo.

—Lo sé.

Ben asintió con la cabeza, pensativo.

—Lo siento —murmuró, tomando su mano.

A Celeste se le encogió el corazón. Le hacía falta que dijera eso, que la entendiera.

—Tú no sabías nada.

—Pero sigo siendo responsable. Un niño es cosa de dos.

Tal vez no debería habérselo contado, pero en realidad se alegraba de haberlo hecho. La mayoría de los hombres nunca tenía oportunidad de conocer las dudas, los miedos o tal vez la felicidad que atravesaba una mujer en esos momentos.

–¿Te sientes mejor ahora?

–Sí, bueno… no lo sé. A lo mejor te parece una tontería, pero Suzanne ha organizado una fiesta para celebrar que está esperando un niño, y tener que ir me saca de quicio.

–¿No te apetece?

–Suzanne es una buena persona y me alegro por ella, pero va a ser un poco… incómodo para mí –suspiró Celeste.

Por dos razones. La primera, porque sentía cierta pena al saber que ella no estaba embarazada, y la segunda, porque estar con Suzanne siempre le recordaba que su padre se había olvidado tanto de Anita como de ella.

–¿Quieres que vaya contigo?

–¿Lo harías? Es el próximo fin de semana.

–Mientras no tenga que ponerle pañales a una muñeca…

Celeste sonrió.

–No te preocupes, no creo que tengas que hacerlo.

Ben se puso serio entonces.

–¿Quieres que te lleve a casa?

Celeste lo pensó un momento. Y luego, sintiéndose fuerte otra vez, se arrellanó en el sofá.

–Tal vez dentro de un rato.

Capítulo Diez

Mientras iban a casa de su padre el sábado siguiente, Celeste miraba el clásico perfil de Ben: nariz recta, mentón cuadrado, pelo negro… el cuello blanco de la camisa moviéndose con la brisa que entraba por la ventanilla. Luego miró sus manos, sujetando el volante y cambiando de marcha con precisión…

Esas manos hacían magia.

Pero después del masaje y la conversación no habían hecho el amor. En realidad, él se había portado muy bien. Después de charlar un rato más, Ben la llevó a casa.

Desde entonces no había podido dejar de pensar en él y en lo que había pasado. Y, aunque sabía que Ben no quería tener hijos, debía reconocer que se mostraba muy comprensivo con su dilema llamándola cada día… pero no con la intención de acostarse con ella.

No sabía si era porque se había asustado o porque sentía un nuevo respeto por su relación. O tal vez la posibilidad de ser padre había plantado una semilla positiva en su cerebro…

En fin, estaba con ella ahora, ayudándola a soportar aquel día tan poco agradable. ¿Se atrevía a esperar que hubiese cambiado de parecer?

¿Podría Ben Scott ser el hombre de su vida después de todo?

—Me apetece charlar un rato con Rodney para contarle cómo van las cosas.

—¿Y cómo van?

—Bien —sonrió Ben—. Ayer estuve plantando semillas en una finca... la verdad es que es divertido ensuciarse las manos de vez en cuando.

Celeste apretó los dientes, molesta. Le ocurría siempre que mencionaba la empresa de su familia...

O la que había sido la empresa de su familia.

—Seguro que él estará muy interesado.

Ver a su padre aquel día, con la empresa vendida y el niño en camino, era como borrar a su madre de un plumazo, como si nunca hubiera existido. Celeste no quería culpar a Suzanne o a su padre, pero a veces... en fin, a veces dolía mucho.

—Estás un poco tensa —murmuró Ben, poniendo una mano en su hombro para darle un masaje—. ¿Qué tal ahora?

—Ah, mejor... no me importaría que me dieras un masaje por todas partes.

—Cuidado, podría parar en el arcén —bromeó él.

Celeste se puso colorada. Estaba jugando con fuego, pero si tenía un poco de suerte, no acabaría quemándose. Y quizá esta vez en lugar de decir adiós encontraría en Ben cariño y amistad además de pasión.

Ben volvió a poner la mano en el volante para girar cuando llegaron a la casa.

—Si no quieres entrar, podemos dar la vuelta.

Celeste se irguió en el asiento. Suzanne los había invitado a cenar, pero no tenía intención de quedarse.

—Dije que vendría a la fiesta, pero sólo voy a quedarme unos minutos. Luego podemos poner alguna excusa… no sé, que tenemos entradas para el teatro, por ejemplo.

—Muy bien, hazme una seña cuando estés dispuesta a marcharte.

—De acuerdo.

Cuando Ben detuvo el coche, Clancy y Matilda salieron de la casa a la carrera con dos pelotas de tenis en la boca. Riendo, Celeste se inclinó para acariciarlos.

—¿Quieres jugar, Clancy?

El perrillo, emocionado, empezó a mover de tal modo la cola que estuvo a punto de caer hacia atrás.

Celeste tiró la pelota y Clancy corrió a buscarla mientras Matilda esperaba su turno dando saltos. Pero cuando Celeste tiró su pelota, falló el tiro y cayó sobre unos arbustos.

—Ay, qué rabia.

—No te preocupes —dijo Ben—. Voy a buscarla.

—Creo que ha caído por ahí…

Celeste esperó que su padre saliera a la puerta o que Ben reapareciese con la pelota. Como ninguno de los dos aparecía, decidió acercarse…

Ben estaba de rodillas, con Matilda a su lado, mirando bajo los arbustos.

—¿Necesitas ayuda?

—No la encuentro.

Celeste miró alrededor y, un segundo después, sacaba la pelota de entre las ramas.

—Me parece que tienes que ir al oculista.

—Bah, has tenido suerte.

—Si tú lo dices…

Riendo, Ben la agarró por las pantorrillas y tiró de ella, haciendo que cayera hacia delante. Pero, como un futbolista profesional, rodó por la hierba a toda prisa para que no se golpeara contra el suelo. Con Celeste encima, volvió a rodar hasta tenerla sobre el césped, sujetando sus manos a cada lado de la cabeza.

—¿Quieres decir algo ahora, listilla?

—Me han dicho que las gafas de pasta vuelven a estar de moda.

—Veo perfectamente —rió él—. Y me gusta lo que veo, por cierto.

—¿Y qué ves?

—A alguien muy especial. Alguien en quien no puedo dejar de pensar.

¿Alguien con quien querría casarse?

De pronto, como si hubiera leído sus pensamientos, Ben se apartó.

–Venga, vamos. Y será mejor que te quites las briznas de hierba de la falda o daremos que hablar.

Mientras iban hacia la casa, Celeste no podía dejar de preguntarse si era tonta por caer en todas sus trampas. ¿O estaría en lo cierto al pensar que desde el fin de semana anterior había una nueva conexión entre ellos? Era como si estuvieran más cerca que antes...

Rodney bajó los escalones del porche para darle un beso en la mejilla, mirando el sencillo vestido de color albaricoque.

–Estás muy guapa, hija.

–Gracias.

–Me alegro de volver a verte, Ben.

–Hola, Rodney.

–Espero que cuides de mi hija tan bien como cuidas del negocio.

Celeste hizo una mueca. Si su madre pudiera escuchar aquella conversación...

–Suzanne está dentro con unas amigas abriendo regalos y hablando del niño. Se alegrará mucho de que hayáis venido.

Ella asintió con la cabeza. Estar allí era en cierto modo como traicionar a su madre y, sin embargo, el niño que Suzanne esperaba no tenía la culpa de nada.

Una vez dentro intercambiaron saludos, sobre todo Ben, que parecía ser el centro de atención de las señoras. En cuanto pudo, Celeste se excusó para ir a la cocina a buscar la merienda y, afortunadamente, Ben se ofreció a echar una mano.

–A las amigas de Suzanne les encantaría que sirvieras la merienda sin camisa –rió Celeste.

–Lo siento, pero sólo estoy disponible para espectáculos privados. ¿Qué tal esta noche?

Ella no iba a mentirse a sí misma diciendo que no estaba interesada. Fuera un suicidio emocional o no, le gustaba estar con Ben.

–Así que tienes hambre –sonrió, tomando una galletita salada–. Toma esto, anda.

–Gracias, muy rica. Y ahora, tal vez yo pueda tentarte con algo más sabroso. ¿Te gustan las cosas picantes o dulces?

–Me gustan las cosas saludables –rió Celeste.

Ben la sujetó del brazo cuando iba a salir de la cocina.

–A mí me gustas tú.

Estaban tan cerca que podría besarlo si quisiera… y estuvo a punto de dejarse llevar por la tentación.

Pero no era ni el sitio ni el momento.

Y tampoco era sensato, seguramente.

–Tenemos que llevar estas bandejas al salón.

–Muy bien, de acuerdo –suspiró él.

Después de llevar la suya, Ben desapareció para

buscar a Rodney y suspirando, Celeste se sentó al lado de una señora muy charlatana para ver a Suzanne emocionarse con las ranitas, los trajecitos de bebé, los móviles, los sonajeros…

Cuando abrió el regalo de Celeste, los ojos de Suzanne se empañaron.

—Es un regalo maravilloso –le dijo–. Muchas gracias.

Encantada de que le hubiera gustado, Celeste le enseñó los múltiples bolsillos de la original bolsa para pañales.

—Parece un oso de peluche, pero es muy práctica. En la cabeza puedes meter los biberones, la barriguita es para los pañales, el bolsillo de delante es para el talco y todo lo demás…

—¿Dónde la has comprado? –le preguntó la señora que estaba a su lado.

—La diseñé yo, y las costureras de mi tienda han hecho el trabajo –contestó ella, señalando la barriguita del oso, donde estaba su nombre con una estrella plateada–. ¿Lo ve?

De repente, todas las mujeres querían una bolsa como aquélla, y a Celeste se le hizo un nudo en la garganta. Se le había ocurrido la idea durante la semana que creyó estar embarazada.

Era una tontería disgustarse por eso, pero debía de ser el embarazo de Suzanne, la fiesta, las amigas de su madrastra, algunas de ellas también embarazadas…

—Es un regalo precioso, de verdad —repitió Suzanne—. Siempre había querido ser madre, y me alegro mucho de que sea ahora y de que mi hijo vaya a tener una hermana tan estupenda como tú.

Estaba siendo muy amable, pero Celeste sentía como si estuviera ahogándose.

Ben apareció en ese momento, tan atractivo y capaz como siempre, y ella le suplicó con los ojos que la sacara de allí.

—Bueno, nosotros tenemos que irnos —anunció, mirando el reloj—. Tenemos entradas para el teatro.

Cuando estaban a medio kilómetro de la casa, Ben detuvo el coche y, tomando su cara entre las manos, la besó. Y aquel beso tenía la precisión de un misil. La dejó completamente deshecha, llena de deseo y con una promesa de lo que estaba por llegar… si era tan tonta o tan valiente como para aceptarlo.

—Llevo todo el día queriendo hacerlo —murmuró Ben.

Celeste no quería admitir que también ella estaba desesperada por besarlo. ¿Qué pasaría cuando llegaran a casa? Seguramente no hablarían mucho, pero ella seguiría haciéndose preguntas.

Ben era un solterón empedernido, y Celeste lo sabía. ¿Querría algo más que una relación superficial?

Ben soltó su mano y, después de mirar por el retrovisor, volvió a tomar la carretera.

–¿Lo has pasado bien?

–Bueno, no ha estado tan mal.

–Suzanne está muy embarazada.

–Sí, ya lo creo.

–Parecía contenta, y Rodney también.

–La mayoría de las parejas se llevan bien al principio –Celeste hizo una mueca–. No debería haber dicho eso, no es muy caritativo por mi parte.

–Es normal que te cueste ver a tu padre con otra mujer.

–Pero Suzanne es tan amable, tan sincera. No merece comentarios como ése.

–Es la clase de mujer que Rodney necesitará cuando pasen unos años.

–¿Ah, sí? ¿Y qué clase de mujer necesita mi padre?

Ben se encogió de hombros.

–Oye, que no quería decir nada malo de tu madre.

–Ya me imagino –murmuró Celeste–. ¿A qué clase de mujer te refieres? ¿Atractiva, sensata? ¿Una mujer que se contenta con quedarse en casa para cuidar de los niños mientras él juega al golf?

Ben se rascó la cabeza.

–Tampoco quería decir eso.

–No todo el mundo quiere quedarse en casa y

cuidar de los niños. Yo no tengo nada en contra de esas mujeres, pero no soy una de ellas.

—No estoy diciendo que las mujeres deban quedarse en casa, pero admitirás que es lo más lógico.

—¿Ah, sí?

—Es normal que las mujeres dejen de trabajar durante un tiempo después de tener hijos. Para eso están las bajas por maternidad, ¿no?

—También hay bajas por paternidad, ¿no lo sabías? —replicó Celeste—. Un hombre puede cuidar de un niño tan bien como una mujer. Bañarlo, darle el biberón, cambiar los pañales…

Recordaba lo contento que se había mostrado Gerard porque la mujer de su hijo era muy buena cocinera y las sutiles críticas de su padre porque su madre no sabía cocinar… aunque sus horribles intentos de hacer pasteles siempre habían sido divertidísimos para Celeste porque acababan con harina hasta en el pelo. Ése era uno de los mejores recuerdos de su madre. Anita no solía entrar en la cocina porque tenía otros intereses, y ella jamás había echado de menos verla con un delantal.

—No creo que sea tan difícil dar un biberón —estaba diciendo Ben—. Además, yo sé cocinar…

—Muy bien, pero no estábamos hablando de ti, sino de los hombres en general.

—¿Tienes ganas de discutir?

Celeste soltó una carcajada.

–¿Por qué estamos hablando de la igualdad entre los sexos?

–Más bien hablábamos de cómo funciona el mundo.

–¿El tuyo o el mío?

Ben apretó los labios, molesto.

–Mira, vamos a dejarlo.

–Hay muchos hombres que se quedan en casa cuidando de sus hijos mientras la madre trabaja, supongo que lo sabrás.

Seguramente cuando ella tuviera un hijo le gustaría quedarse con él para cuidarlo, pero no quería *tener* que hacerlo, quería libertad para tomar la decisión.

–Claro que lo sé.

–¿Estarías dispuesto tú a dejar tu trabajo y depender de otra persona?

–Tuve que depender de otras personas durante los dieciséis primeros años de mi vida –respondió él.

Al pensar en el niño solitario que debía de haber sido se le encogió el corazón.

–Mira, yo no soy responsable de tu pasado, lo que me preocupa es el futuro.

–Yo creo que he conseguido lo que quería.

–¿Ser el propietario de la empresa Prince, por ejemplo?

–Tú sabes que quería comprar la empresa desde el principio.

–Y tú sabes que yo quería dirigirla.

Su madre lo había sacrificado todo con ese objetivo, y alguien llamado Benton Scott, el hombre que se había convertido en su amante, había logrado llevarse el premio. A veces no podía creer que el destino le hubiera hecho esa jugarreta. No era culpa de Ben, pero aún seguía doliéndole.

–Te irá mucho mejor con ese negocio tuyo. Lo de la floristería especializada saldrá bien, y ya sabes que yo te ayudaré en todo lo que pueda.

¿Por qué creía Ben que podía decidir lo que era mejor para ella?, se preguntó Celeste, molesta.

–No quiero tu ayuda, muchas gracias.

No quería la ayuda de nadie, ni la de su padre ni la de Ben. Quería hacerlo a su manera.

Él dejó escapar un suspiro.

–Me haces pensar que mi oferta de ayuda no es suficiente para ti.

–No, no es eso.

–¿Seguro? Tú te criaste entre algodones, yo soy un huérfano sin un céntimo y sin familia... alguien que ha salido del arroyo.

–¿Por qué dices eso?

Ben sacudió la cabeza.

–Porque tampoco tu padre estaba a la altura de tu madre.

Celeste parpadeó varias veces, incrédula.

–¿Qué significa eso?

–De haber sido lo bastante bueno, ella no hubiera intentado convertirlo en alguien que no era.

–¿Qué?

–A lo mejor tu padre era feliz siendo mecánico. A lo mejor debería haber dejado que hiciera lo que quisiera con su vida…

–¿Por qué criticas a mi madre si no la conocías de nada? –lo interrumpió Celeste.

–No pretendía criticarla, perdona.

–Mi padre no tenía por qué haber aceptado el dinero de mi abuelo para salvar la empresa…

–¿Cómo que no? Aún se siente la presión y han pasado veinte años de eso. Tú misma me lo contaste, Celeste, tu madre quería que su marido triunfase, y creo que tu padre siempre sintió cierto rencor…

–¿Qué quieres decir con eso, que una mujer debe esconder su inteligencia para que su marido no se sienta en desventaja? ¿Que no debe aspirar a nada para no acomplejar al hombre?

Ben se pasó una mano por la cara.

–No, no quiero decir eso. Además, tú nunca tendrás que preocuparte como lo hizo tu madre… por muchas razones. Mientras estemos juntos, siempre tendrás lo mejor. Y no quiero que te preocupes por temas de dinero.

«¿Mientras estemos juntos?».

¿Cuánto tiempo sería eso? ¿Y quién le había pedido nada? Aquella conversación era completamente absurda.

–¿Qué te parecería si yo sugiriese algo así? –le espetó, enfadada.

–Vamos a dejarlo, Celeste. No sé cómo hemos terminado hablando de esto… –Ben sacudió la cabeza–. Perdona, no quería ofenderte.

–Ya lo sé –suspiró ella.

Lo sabía, sí. Y no podía seguir huyendo de la verdad: se había enamorado de Benton Scott, el hombre que había destrozado su sueño de dirigir la empresa Prince. Ben entendía sus sentimientos, ¿pero podría entender algún día que eso había sido una traición no sólo para ella, sino para la memoria de su madre?

Quería dejar atrás el pasado, pero tal vez no debería hacerlo porque podría repetir los errores de su madre… y la actitud de Ben despertaba todas las alarmas. Evidentemente, pensaba que el sitio de una mujer, o al menos el de una madre, estaba en su casa y que un hombre debía hacer «lo que debía hacer». Ella, por otro lado, exigía igualdad entre los sexos en todos los sentidos.

Y con una infancia como la de Ben, debía preguntarse si su opinión podría cambiar algún día…

–¿Sabes cuál es el problema de esta discusión? Que hablas como un experto de un tema del que quieres escapar como si fuera la peste.

–Pero tengo derecho a una opinión.

–¿Basada en qué? Te agarras a una noción idealizada de la familia o de cómo debería funcionar una familia… –Celeste suspiró, cansada–. Quieres dar lecciones sobre cómo debería ser una familia, pero luego no tienes valor para formar una propia.

–Celeste, nos conocimos hace tres meses…

–¿Estás diciendo que en el futuro podrías considerar la idea de formar una familia conmigo? ¿Que ya no ves nuestra relación como una simple aventura? ¿Que estás dispuesto a comprometerte más allá del dormitorio?

Ben apretó el volante con fuerza, y Celeste giró la cabeza para mirar por la ventanilla.

–Ya me lo imaginaba –murmuró unos segundos después.

Era muy listo, claro, pero no estaba dispuesto a arriesgar su corazón.

Y tal vez había llegado la hora de que también ella retirase el suyo.

Después de aparcar, los dos salieron al mismo tiempo del coche.

–Te acompaño.

–No, Ben, no vas a acompañarme –dijo Celeste, decidida–. Esto tiene que terminar ahora mismo. Una familia feliz no se hace moviendo una varita mágica y pidiendo un deseo cuando pasa una estrella fugaz… yo lo sé tan bien como tú. Pero un día espero encontrar a un hombre con el que pasar el resto de mi vida. Y, aunque me habría gustado que fueras tú, por muchas razones es evidente que no va a ser así.

–Celeste…

–Aparte de la atracción que hay entre nosotros, estamos a miles de kilómetros el uno del otro, y no veo ninguna manera de salvar ese precipicio.

Ben intentó tomar su mano, pero ella se apartó.

–No quiero que sigamos viéndonos. No me llames, por favor. Ya tienes la empresa, tienes mi corazón… pero se me pasará. Me olvidaré de ti si tienes la decencia de no buscarme nunca más.

Tenía que seguir adelante con su vida, encontrar su sitio, y aquello sólo estaba retrasándolo.

Celeste se dio la vuelta para dirigirse a su apartamento. Pero cuando cerró la puerta, el dolor la abrumó de tal manera que sus ojos se llenaron de lágrimas.

Capítulo Once

¿Podían empeorar las cosas aún más?

La llamada de Gerard sugería que había un asunto familiar urgente, pero después de la desastrosa despedida de Celeste lo único que Ben quería era ponerse las zapatillas de deporte y correr durante horas para aliviar su frustración. Y luego acudir a esa reunión familiar con los Bartley-Scott.

Aunque a él no se le daba bien colaborar con otros en asuntos familiares porque no tenía ninguna práctica. ¿No se lo había dejado claro Celeste antes de marcharse el día anterior?

Gerard lo había recibido con los brazos abiertos y no podía rechazar la invitación, pero cuando entró en casa de su padre su aprensión se vio confirmada cuando su madrastra y su hermanastro lo fulminaron con la mirada. ¡Parecía como si hubiera matado a alguien!

—Siéntate, Ben —sonrió Gerard—. Eres el último en llegar.

—Prefiero quedarme de pie, si no te importa.

—Como quieras.

Desde que era niño había soñado con una

reunión familiar, con ser aceptado. Pero la fría realidad era otra, y le daban ganas de salir corriendo.

Tal vez Celeste tenía razón. Durante toda su vida sólo había dependido de sí mismo. Tal vez nunca sería capaz de dar el gran salto, de comprometerse con alguien, de confiar en otra persona del todo.

Zack, el hijo de Paul, tiró de la pernera de su pantalón.

—¿Dónde está Celeste?

—Hoy no podía venir —contestó Ben.

Gerard se inclinó para hablar con su nieto.

—¿Te importa salir a jugar al jardín un rato? El abuelo tiene que hablar con los mayores.

—¿Ben estará aquí cuando vuelva? —preguntó el niño—. Mi papá dice que no debería estar aquí.

Paul se levantó de un salto.

—¡Zack!

Ben tuvo que contenerse para no salir dando un portazo. Nada podía ser peor que aquello. Se había sentido rechazado durante toda su infancia. ¿Qué estaba haciendo allí, sintiendo lo mismo otra vez cuando podía marcharse para volver a…?

¿A qué? A nada.

—Ve al jardín, cariño. Tu padre irá a buscarte cuando hayamos terminado —sonrió Gerard.

Cuando el niño desapareció, su padre se volvió hacia ellos. Sus siete hijos, ocho contando a

Ben, esperaban sus palabras. Rhyll estaba sentada frente a la ventana, tejiendo un jersey.

—Rhyll, deja esa aguja y ven a sentarte a mi lado.

A regañadientes, su madrastra se levantó y fue a sentarse con Gerard.

—A veces uno no sabe cómo lidiar con una situación, y todo esto es culpa mía —empezó a decir su padre—. En una familia siempre hay desacuerdos, disgustos, problemas de disciplina… aceptar a quién le toca tirar la basura.

Ben se cruzó de brazos. Esperaba que ésa no fuera una sutil referencia a su recién encontrado hijo.

—Sé que no todo el mundo en esta familia acepta a Ben, y es comprensible, pero él merece algo más que eso, así que…

—No creo que haya necesidad de hablar delante de Ben —lo interrumpió su mujer.

—Sí hay necesidad, cariño —dijo su marido—. Sí, estuve casado antes de conocerte, pero te aseguro que no volví a ver a la madre de Ben después de que nos separásemos. Yo no sabía que estuviera embarazada, de haberlo sabido mi hijo no habría tenido que criarse en orfanatos y casas de acogida. Pero nunca te he sido infiel, Rhyll, y nunca lo seré. Eres mi mujer hasta el día que me muera. Mi familia es lo más importante del mundo para mí… es lo único importante.

Ben contuvo el aliento, observando a Rhyll que,

por fin, sonrió cuando su marido le dio un beso en la mejilla.

–Paul, tú eres mi primer hijo, el niño que tuve en los brazos y del que me sentí tan orgulloso… y sigo estándolo. Pero he recibido un regalo que la mayoría de los hombres no podría esperar nunca, otro hijo. Y no pienso darle la espalda, como tú no le darías la espalda a Zack.

–Papá…

–Déjame terminar, hijo. Te he hablado de Ben constantemente desde que apareció, te he contado lo difícil que ha sido su vida y cómo ha triunfado sin la ayuda de nadie… de nadie porque él no tuvo una familia como la has tenido tú y como la tiene Zack –Gerard hablaba con tal emoción que los demás también se emocionaron–. Nadie podría reemplazarte en mi corazón, pero debes entender que Ben también es mi hijo y, por lo tanto, tu hermano. Y no ha pedido nada en absoluto, sólo formar parte de esta familia. No va a ocupar tu sitio ni pretende hacerlo… pero merece ser uno de los nuestros –Gerard tragó saliva–. Hijos, la vida no es lo bastante larga como para perderla en celos y rencillas y debemos compensar a Ben por el tiempo perdido, empezando ahora mismo.

Todos miraron a Paul, que estaba mirando hacia el jardín, donde jugaba su hijo. Su mujer puso una mano en su brazo, y él asintió con la cabeza antes de levantarse para estrechar la mano de Ben.

Y, conteniendo la emoción, él aceptó ese gesto como una rama de olivo.

–Supongo que estas últimas semanas compensan los años en los que no hemos podido pelearnos –sonrió Paul entonces–. Un poco tarde pero… siento haber sido un idiota. Bienvenido a la familia.

Con expresión contrita, Rhyll se acercó también.

–¿Quieres un café, Ben?

–Sí, gracias.

Todos los demás se acercaron para abrazarlo, y Ben tuvo que hacer un esfuerzo sobrehumano para contener la emoción. Todo aquello era tan nuevo para él…

–Ben, hijo, sal conmigo al porche un momento.

A él le daba vueltas la cabeza. Sólo conocía a las familias de acogida, gente que no era de su misma sangre y para quien era un extraño. Nunca se había sentido incluido en ningún grupo.

O querido.

Hasta aquel momento.

Gerard y él salieron al porche y se sentaron uno al lado del otro, mirando a Zack montado en su triciclo.

–Gracias –dijo Ben por fin. Una palabra sencilla, pero sentida.

–Espero que vengas por aquí más a menudo. Con siete… ocho hijos la diversión no termina nunca. Pero imagino que algún día tú también lo sabrás.

135

¿Lo sabría?, se preguntó Ben. Tres meses antes, convertirse en padre había sido lo último que esperaba de la vida. La alarma de embarazo de Celeste le había abierto los ojos, pero seguía sin verse en un papel que lo asustaba: marido, padre.

Todo aquello era extraño para él.

—¿Cómo era mi madre?

—Una buena mujer —contestó Gerard—, muy independiente y muy inteligente. Yo la admiraba mucho, pero no estábamos hechos el uno para el otro.

—No veíais las cosas de la misma forma.

Como Celeste y él.

—Tu madre y yo creímos estar enamorados, pero cometimos un error. Claro que en todos los matrimonios hay desacuerdos… es imposible pensar siempre como lo hace la otra persona. Pero la manera de lidiar con esos problemas es lo que hará que formes una familia unida.

Ben había presenciado cómo ponía en acción ese consejo aquel mismo día. Ser un buen padre no era tarea fácil. Era una responsabilidad que uno debía tratar con sumo cuidado y consideración. Significaba admitir tus sentimientos, tener en cuenta los de los demás, reconocer los errores. Y tener valor para decir «te quiero» a las personas que más te importaban.

Y hacerlo antes de que fuera demasiado tarde.

Capítulo Doce

Celeste levantó la mirada del mostrador y el corazón se le puso en la garganta.

–Ben, ¿qué haces aquí?

–Tengo que hablar contigo –contestó él.

–Te dije hace dos días… –se le encogió el estómago, pero tenía que decirlo– que no quería volver a verte.

–Tengo que verte, Celeste. Y creo que también tú quieres verme a mí.

La convicción que había en sus ojos, la tentación de esa sugerencia…

Pero encontró fuerzas para darse la vuelta.

–Lo que queramos no cuenta –le dijo–. Lo que importa es lo que tengo que hacer.

Y lo que tenía que hacer era olvidarse de su aventura con Ben de una vez por todas.

No lamentaba el tiempo que habían estado juntos, pero el sábado él lo había dejado bien claro: su relación no iba a ningún sitio. Si le decía que sí ahora, sería como decirle que estaba dispuesta a ser su amante y nada más. Aunque era un término muy anticuado, evidentemente ésa era la situación que él pretendía. Sin ataduras, sin compromisos, sólo pasar un buen rato. Pero ella había aprendido que esos buenos ratos a veces tenían consecuencias.

Ben puso las manos sobre sus hombros, mirándola a los ojos.

—Ayer estuve hablando con mi familia, y he tomado una decisión. Tú me necesitas, Celeste, y yo te necesito a ti.

—Voy a darte una noticia, Ben: el sexo no lo es todo.

—No estoy hablando de sexo —él se pasó una mano por el pelo—. Bueno, no sólo de eso.

Celeste suspiró. Nada había cambiado.

—Mira, márchate. Voy a abrir la tienda la semana que viene y estoy muy ocupada.

Tenía que concentrarse en eso, en su negocio, en labrarse un futuro ahora que no podía contar con la empresa Prince. No podía perder el tiempo con un donjuán vacilante que tenía todas las respuestas pero no estaba interesado en comprometerse con nadie.

—Celeste, he pensado mucho en nosotros. No he dormido nada en los últimos días pensando en nuestra relación.

—No tenemos una relación, Ben.

—Y siempre encuentro la misma respuesta —siguió él, como si no la hubiese oído—. Quiero una relación de verdad, quiero casarme contigo. Es así de sencillo.

Fue como si el tiempo se detuviera. Esperaba verlo sonreír, que le dijera que era una broma, pero no estaba sonriendo.

¿No era una broma?

Pero una proposición de un hombre que dos días antes había temblado ante la idea de sentar la cabeza… no, imposible.

A menos que…

—No, de eso nada —dijo Celeste.

—¿Qué?

—Estás hablando de un compromiso falso sólo para acostarte conmigo otra vez.

Ben arrugó el ceño. Era un buen actor, lo suficiente como para fingir que esa sugerencia lo había herido.

—No es eso.

¿No lo era? ¿Cuándo había dicho que la quería? ¿Cuándo había mencionado la palabra amor? Ésa era una palabra importante cuando un hombre le pedía a una mujer que se casara con él. ¿Y dónde estaba el anillo de compromiso?

Celeste se cruzó de brazos, arqueando una ceja.

—¿Entonces ha sido una especie de revelación?

—Si quieres llamarlo así…

No, ella lo llamaría otra cosa.

—Lo siento, pero no me has convencido.

Ben dio un paso adelante.

—Celeste….

—Te he pedido que te marches —insistió ella,

casi sin voz. Estaba rompiéndole el corazón otra vez y no iba a permitir que lo hiciera.

Ben la miró a los ojos durante unos segundos, y después dejó escapar un suspiro.

–Debo admitir que tenías razón. Yo tenía una visión de lo que debía ser una familia, pero he sido demasiado cobarde para comprobar esa teoría. En parte era porque pensé que nunca encontraría la familia ideal... o lo que yo creía que era una familia ideal. Pero ayer descubrí lo que es una familia de verdad, y ahora sé que uno debe esforzarse cada día por lo que más le importa.

¿Se refería a ella?

Celeste apretó los labios. No pensaba dejarse engañar por sus ojos azules ni por su encanto.

–Y sé que hay algo que te importa a ti mucho más que a mí –dijo entonces, ofreciéndole un sobre.

Ella lo miró, perpleja.

–¿Qué es esto?

–La escritura de propiedad de la empresa Prince, a tu nombre.

–¿Es una broma o...?

–No es ninguna broma –la interrumpió él–. No diré que ha sido agradable para mí, pero sé que la empresa Prince significa mucho para ti.

Celeste tenía el corazón en la garganta. No podía decirlo en serio.

–No puedo aceptarlo.

—Acéptalo, por favor. Haz lo que quieras con ella… puedes venderla si quieres, es tuya.

—Pero debe de valer… bueno, al menos la deuda que tú pagaste.

—El dinero no es lo importante.

Había dicho que quería casarse con ella y le regalaba la empresa que le había comprado a su padre, a su familia. Aunque también era importante para Ben. Cuando alguien no había recibido amor, buscaba otra fuente de poder. Más que nada, dirigir la empresa Prince representaba el poder sobre su propia infancia, y ahora se lo estaba entregando a ella…

—Acéptalo —insistió Ben, depositando un beso en su frente—. En realidad, nunca fue mía.

Cuando se daba la vuelta para salir de la tienda empezó a sonar el teléfono.

—Contesta, Celeste. Podría ser tu primer cliente.

A ella le daba igual quién fuera, pero fue el propio Ben quien descolgó el auricular y lo puso en su mano.

Y no sabía cómo consiguió contestar, pero cuando colgó unos segundos después, el mundo parecía haber girado sobre su eje. Tan angustiada estaba que dejó caer el sobre y tuvo que agarrarse al mostrador.

—¿Qué ocurre? ¿Qué te pasa?

Ella se llevó una mano a la frente.

—Suzanne ha dado a luz, pero ha sufrido una

hemorragia. Nunca había oído a mi padre tan angustiado…

Sí, una vez, pensó entonces, cuando su madre murió.

—¿En qué hospital está ingresada?

Unos segundos después estaban en el coche de Ben, de camino al hospital.

—La niña está bien, pero Suzanne… sus signos vitales no son estables, y si no mejora, tendrán que operarla.

Celeste no quería seguir pensando y, sin embargo, no podía dejar de preocuparse por esa niña recién nacida, su hermana, creciendo sin una madre como había hecho ella desde los diez años. Y Ben estaba a su lado, apoyándola.

—Se pondrá bien, ya lo verás —murmuró él, apretando su mano.

Celeste asintió. Nunca se había sentido tan cerca de él como en ese momento. Benton Scott era un hombre en el que cualquiera podría apoyarse en una emergencia. Había dicho que quería casarse con ella y estaba demostrando que le importaba de verdad, devolviéndole su pasado.

Pero ¿y el futuro?

¿Podrían entenderse, llegar a un acuerdo? ¿Podrían llegar a un compromiso como hacían tantas parejas?

Cuando llegaron al hospital, la enfermera que estaba en recepción les indicó cómo llegar a maternidad y, una vez allí, otra enfermera los acompañó a la habitación. Suzanne tenía los ojos cerrados, su brazo conectado a una vía intravenosa. Y su padre, sentado en una silla al lado de la cama, tenía un bulto en los brazos.

–Cariño, has venido…

Celeste no sabía qué decir. ¿Estaría mejor Suzanne? ¿Le habrían hecho una transfusión?

Su madrastra abrió los ojos en ese momento e intentó sonreír.

–¿Ya conoces a tu hermana pequeña?

Celeste se acercó a la cama.

–Pensé que… mi padre me dijo…

–No debería haberte llamado en ese momento –la interrumpió él, compungido–. Estaba asustado. Siento mucho haberte preocupado, hija.

–No, no…

–Trajeron a Suzanne hace diez minutos, y el médico nos ha dicho que se va a poner bien.

Pálida pero contenta, Suzanne miró a su familia, su marido y su hija.

–No estaba preocupada. Tenemos el mejor ginecólogo de Sidney y la niña está sana. Rompió a llorar en cuanto nació.

Celeste sonrió, sintiendo una punzada de culpabilidad al pensar en su madre. Pero así era la vida. Ella tenía preciosos recuerdos de su madre, y ahora tenía una madrastra que quería que fuesen una familia. Y un padre con muchos defectos, pero que la quería y que merecía una segunda oportunidad en la vida.

Y una hija recién nacida.

Celeste se acercó al bulto que su padre sostenía en los brazos, y al ver esa carita su corazón se llenó de amor.

–Qué pequeñita es… y qué guapa –murmuró, mirando la boquita como un capullo de rosa, el pelo oscuro, los dedos diminutos pero perfectos.

–Yo creo que se parece un poco a ti –dijo su padre.

–Tiene la misma nariz –asintió Suzanne.

Celeste recordó entonces la semana que creyó estar embarazada, pero mientras ponía una mano sobre la cabecita de su hermana pensó que eso llegaría cuando tuviese que llegar.

–Vamos a llamarla Tiegan, que significa «princesita».

–Todas las niñas merecen ser princesas –sonrió Ben–. Enhorabuena a los dos.

Después se llevó la mano de Celeste a los labios, mirándola a los ojos. Y no tuvo que decir nada más.

–¿Quieres tomarla en brazos? –le preguntó su padre.

–Sí, pero prefiero estar sentada. No tengo costumbre…

Celeste se dejó caer sobre la silla antes de tomar

a la niña, y al tenerla en sus brazos le pareció tan real, tan emocionante…

—Pensé que no pesaría nada.

—Como las muñecas con las que solías jugar —sonrió Rodney.

—¿Te acuerdas?

—¿Cómo no voy a acordarme? —rió él—. Te encantaban las muñecas. Cada Navidad, cada cumpleaños, lo único que querías era una más para tu colección. Tu madre y yo decíamos que algún día tendrías familia numerosa.

Suzanne sonrió.

—Aún hay tiempo para eso.

Familia numerosa. Celeste tuvo que sonreír, pero el momento era tan especial, la clase de momento que uno recuerda para siempre.

Y entonces lo supo.

No tenía nada que demostrarle a su padre, ni a nadie. Sencillamente quería ser parte de aquello.

—¿Podemos contar contigo para que cuides de tu hermana? —sonrió Rodney.

Tiegan bostezó en ese momento, y a Celeste se le encogió el corazón.

—Cuando me necesitéis, allí estaré.

Podría ser la emoción que había en la habitación, pero pensó entonces que tal vez podría darle a Ben el beneficio de la duda. ¿Sería un error o la oportunidad de encontrar la felicidad?, se preguntó.

Pero cuando levantó la mirada descubrió que él había desaparecido.

—¿Dónde está Ben?

Su padre miró alrededor.

—Seguramente habrá salido a tomar el aire.

¿Sin decir una palabra?

Celeste tragó saliva, asustada. Ella tenía otra teoría: al ver que todo estaba bien, Ben se había marchado para evitar otra despedida.

¿Debería ir tras él?

—Papá, tengo que irme.

—¿Dónde?

—Pues… a casa, con un poco de suerte.

Mientras su padre tomaba a Tiegan con cara de sorpresa, Suzanne sonrió, como si la entendiera.

Celeste salió de la habitación y se acercó a una enfermera.

—¿Ha visto salir a un hombre alto, moreno y muy guapo?

La mujer sonrió.

—Desde luego que sí —contestó, señalando el ascensor—. Lo he visto hace unos minutos.

Cuando salió del hospital poco después, le pareció que hacía más frío que antes. Frotándose los brazos, deseó haber llevado una chaqueta. Tenía una en el coche de Ben…

Y cuando levantó la mirada vio el Mercedes saliendo del aparcamiento.

—¡Ben!

Pero él siguió adelante sin detenerse.

¿Debería haber esperado algo más? Le había dicho que quería casarse, y ella había contestado que no lo creía. Y, sin embargo, la había llevado al hospital, le había entregado la escritura de la empresa. Sin hacer una escena, había besado su mano antes de irse, pero ella no se había dado cuenta de que ésa era su despedida...

¿Debería dejarlo ahí?

Con mil preguntas dando vueltas en su cabeza y el corazón latiendo a mil por hora, Celeste miró alrededor. Suzanne necesitaba descansar, y su padre querría estar a solas con su mujer y su hija... era lo más natural.

Suspirando, empezó a caminar sin rumbo, y después de cruzar varias calles llegó a un descampado en el que habían instalado una feria con una noria, coches de choque, un carrusel...

La curiosidad hizo que se acercara, negándose cuando un feriante le ofreció la posibilidad de disparar una escopeta de aire comprimido para conseguir una muñeca gigante.

Sin saber por qué, sus ojos se llenaron de lágrimas.

¿Volvería a ver a Ben?, se preguntó.

—¿Quiere que le lea el futuro?

Celeste se dio la vuelta, sorprendida. Una mujer vestida con el típico atuendo de gitana la llamaba con el dedo.

—Está perdida –le dijo–, pero encontrará su camino.

Celeste sonrió. Sí, debía parecer perdida paseando por allí, pero…

Al ver una bola de cristal, más grande e impresionante que la que habían visto en el escaparate de la tienda, decidió acercarse.

—¿Qué más ve?

Los ojos oscuros de la mujer brillaron mientras ponía teatralmente las manos sobre la bola…

—Veo calor… y luego frío y paredes de hielo –murmuró–. Ahora veo que el calor vuelve. Creo que se va a quemar, pero no tema lo nuevo y emocionante que puede ofrecerle la vida. Escuche a los fantasmas amistosos.

Ella sintió un escalofrío cuando un golpe de viento movió su pelo. Y cuando levantó una mano para apartarlo de su cara, Ben estaba a su lado.

—Hola.

Celeste se sobresaltó de tal modo que dio un salto hacia atrás.

¿Escuchar a los fantasmas amistosos?

La gitana estaba limpiando la bola de cristal con un paño, sonriendo.

—También leo los posos del café.

Sintiéndose como Alicia en el País de las Maravillas, Celeste alargó una mano para tocar el jersey negro de Ben y dejó escapar un suspiro. Era real.

—¿Dónde habías ido?

—A buscar una cafetería para comprar un par de cafés decentes. ¿Has probado el café de los hospitales? —Ben hizo una mueca de horror—. Le dije a la enfermera de la planta que te lo dijera si preguntabas.

Celeste tuvo que morderse los labios para no ponerse a llorar. Había dejado un mensaje, pero ella debía de haber preguntado a otra enfermera...

—Cuando volví al aparcamiento vi que venías hacia aquí, así que dejé los cafés en el coche y vine a buscarte.

—Pero te has cambiado de ropa. Antes no llevabas ese jersey.

—Escuché en la radio que iba a bajar la temperatura y me puse este jersey que guardo en el coche. Toma, también he traído tu chaqueta.

Después de ponérsela, frotó sus hombros un momento y el frío desapareció por completo.

Cuando se dio la vuelta, Celeste lo miró a los ojos y hablaron a la vez:

—Hay algo que tengo que…

—Las señoras primero —sonrió Ben.

—He estado pensando… —empezó a decir Celeste—. Me has devuelto la empresa de mi padre, me has traído al hospital… supongo que eso quiere decir que existe la posibilidad de que tengamos una relación.

–También yo he estado pensando en lo que hablamos, y he llegado a la conclusión de que, si tuviera un hijo, me gustaría que lo criasen su padre y su madre. No querría que le faltase ninguno durante toda su vida.

–Estoy de acuerdo. Mientras todo el mundo sea feliz, incluido el niño.

Ben asintió con la cabeza.

–Y no tengo la menor intención de ser el tipo de marido que espera que su mujer lo haga todo. Ni ahora ni nunca. Tú me estimulas, me animas… me haces pensar. Y no tengo la menor intención de retenerte o de impedir que hagas lo que te parezca bien con tu vida.

Celeste se emocionó, pero tenía que seguir hablando.

–Imagino que nuestros padres pensaron lo mismo cuando decidieron casarse, pero luego la cosa salió mal.

–Ésas eran sus vidas, no las nuestras. Si nos esforzamos, si los dos ponemos todo de nuestra parte, no lamentaremos esta decisión –dijo Ben entonces, apretando su mano–. Yo nunca había querido a nadie antes, Celeste.

Ella sonrió, aunque sus ojos se habían llenado de lágrimas.

–¿Me quieres?

–Completamente y para siempre. Quiero estar a tu lado para todo, tengamos familia o no. Tú me has abierto los ojos sobre muchas cosas... y sobre todo me has hecho ver que puedo comprometerme, que tú y yo estamos destinados a estar juntos.

—¿Pero no quieres tener una familia?

—Sí, Celeste. Me gustaría mucho tener una familia, pero sólo contigo.

Sin percatarse de que había gente alrededor mirándolos con curiosidad, Ben sacó una cajita del bolsillo del pantalón. Cuando la abrió, el sol iluminó la piedra que había dentro, reflejando todos los colores del arco iris.

—Debería haberte dado esto cuando te pedí que te casaras conmigo —murmuró, tomando su mano—. Pero ahora te lo pido ora vez. Celeste, ¿quieres casarte conmigo?

Ella tuvo que llevar aire a sus pulmones. Le gustaría saber qué iba a depararle el futuro, pero el futuro era algo que cambiaba constantemente y que dependía casi siempre de uno mismo. Lo único que sabía con seguridad era que amaba a aquel hombre con todo su ser. Y tenía razón, el futuro dependía de los dos; dos mitades de un todo, para que su relación funcionase.

Celeste tomó su cara entre las manos y comprometió con él su corazón.

—Sí, quiero casarme contigo. Te quiero, Ben. Te quiero muchísimo.

Sonriendo, él puso el anillo en su dedo y la

apretó contra su pecho. Pero antes de sellar su amor con un beso, Celeste tenía que decir algo...

—Me gustaría que nos casáramos en un jardín. No me preguntes por qué, pero es lo que siempre he soñado. ¿Te parece bien?

—Me parece estupendo.

—Y creo que deberíamos hacer un pacto de no trabajar los fines de semana.

—Una pareja necesita tiempo para conocerse, para disfrutar —asintió Ben, buscando sus labios.

Pero Celeste levantó una mano.

—Hay una cosa más...

Él tomó su mano y sonrió, con una de esas sonrisas que la volvían loca.

—Cariño, ahora sería un buen momento para besarnos. Es la mejor manera de empezar nuestra vida juntos.

Celeste sonrió. Tenía razón, de modo que le echó los brazos al cuello para besarlo con toda su alma.

Epílogo

Tres años después

Sentada frente al escritorio de su casa, Celeste encendió el ordenador y buscó el archivo de uno de sus mejores clientes mientras sujetaba el teléfono entre el cuello y la oreja.

—De modo que quieres lirios y fresias blancas en las mesas… no, me parece que quedará precioso en una fiesta de cumpleaños. ¿Ramos para las señoras? Ah, muy bien, tengo aquí anotados cuáles son tus favoritos… —entonces oyó un ruido por el monitor—. Nicole, perdona pero tengo que colgar… sí, es la niña. Te enviaré el presupuesto a primera hora de la mañana.

Después de colgar, Celeste se levantó para ir a la habitación.

Su empresa de floristería estaba funcionando a las mil maravillas e incluso había recibido algún premio. Tenía clientes en todo el país y aportaba flores a eventos benéficos de manera habitual. Todos sus objetivos profesionales se habían cumplido, pero además había hecho realidad otro de sus sueños.

Celeste abrió la puerta de la habitación y se acercó a la cuna donde estaba su preciosa hija de un año. De pie, sujetando su mantita con una mano y frotándose los ojitos con la otra, Ava Krystal estaba bostezando, pero su rostro se iluminó al ver a su mamá.

–Ma… mi.

Con el corazón lleno de amor, Celeste sacó a la niña de la cuna mientras Ben entraba en la habitación.

–Hola, cariño –sonrió, acariciando la carita de su hija–. Se supone que deberías estar dormida.

–No es tan dormilona como su mamá –dijo Ben, inclinándose para besar a su mujer–. Tú sigue con lo que estabas haciendo, yo me encargo de dormirla otra vez.

Celeste miró el reloj. Eran las ocho y diez… tan tarde.

–No importa. Ya he terminado de trabajar por hoy.

Se alegraba de que al día siguiente fuera viernes. Trabajaría una hora por la mañana y después se dedicaría a su familia hasta el lunes. Ben solía trabajar desde casa también, organizando las horas de trabajo dependiendo de las necesidades de su familia. El sábado pensaban ir al zoo, la primera vez para Ava. Y la primera vez también para su marido.

Celeste estaba acariciando el pelito de su hija cuando sonó el móvil de Ben, pero después de comprobar la pantalla lo guardó en el bolsillo.

–No es nada importante –sonrió.

–Puedes atender la llamada si quieres. Yo le leeré su cuento favorito.

–Nueva York puede esperar. Le leeremos el cuento juntos.

Diez minutos después, escuchando su historia favorita sobre hadas y duendes, Ava se quedó dormida de nuevo.

–Estoy deseando enseñarle a lanzar una pelota –dijo Ben.

–Eso te lo dejo a ti –rió Celeste–. Yo prefiero darle clases de dibujo.

–A mí se me dan bien los números, también podría enseñarle eso.

–Estupendo.

–¿Sabes qué más se me da bien?

Celeste se encogió de hombros, haciéndose la tonta, mientras Ben se inclinaba para darle un beso en el cuello que la hizo sentir escalofríos.

–Ah, sí, ya me acuerdo –rió.

Sonriendo, Ben arropó a Ava y se inclinó para darle un beso en la mejilla.

Era tan fuerte, pero tan delicado con su hija…

–Eres un papá estupendo.

–Me encanta ser padre.

Sonriendo, Celeste apoyó la cabeza en su hombro, agradecida de que los dos hubieran creído en su amor. Y todo había salido bien, mejor que bien. Gerard, Rhyll y los hermanos de Ben los visitaban a menudo, como Rodney, Suzanne y la pequeña Tiegan. De hecho, Tiegan se quedaba a dormir allí al menos una vez al mes, y había pedido quedarse todo el fin de semana siguiente para estar con Ava.

Después de cerrar la puerta del dormitorio fueron al salón. Las cortinas estaban abiertas y a través del ventanal podían ver el cielo nocturno lleno de estrellas.

–¿Buscando alguna estrella fugaz? –murmuró Ben.

Por alguna razón, Celeste pensó en la empresa Prince, que había vendido años antes. El dinero estaba en el banco, y sería de Ava cuando cumpliera los veintiún años. Anita lo hubiese aprobado, estaba segura.

Suspirando, apoyó la cara en el pecho de su marido.

–No necesito una estrella fugaz, cariño. No puedo desear nada más.

Se besaron entonces, y en ese beso pusieron todo lo que había en sus corazones: pasión, amor y el respeto que sentían el uno por el otro.

–Te quiero, Celeste.

–Yo también te quiero –dijo ella.

Era así de sencillo. Y aquella noche, al día siguiente, durante el resto de sus vidas, eso era lo único que importaba.

Deseo™

Asuntos pendientes

MAUREEN CHILD

El vicedirector de Hudson Pictures podía tener a cualquier mujer, pero él quería a una mujer sin exigencias ni compromisos y Valerie Shelton parecía ser la apropiada.

Sin embargo, su recatada y sumisa esposa decidió incumplir el acuerdo matrimonial y Devlin se propuso recuperarla a toda costa.

Ganar la partida no iba a ser fácil, pero él aún guardaba su mejor carta y estaba dispuesto a usarla… en la cama.

Pero lo que Devlin no sabía era que la joven y tímida Valerie tenía un lado apasionado, algo inesperado e irresistible que iba a poner su mundo patas arriba.

*Nadie se atrevía a rechazar
a Devlin Hudson*

Acepte 2 de nuestras mejores novelas de amor GRATIS

¡Y reciba un regalo sorpresa!

❶ Oferta especial de tiempo limitado

Rellene el cupón y envíelo a
Harlequin Reader Service®
3010 Walden Ave.
P.O. Box 1867
Buffalo, N.Y. 14240-1867

¡Sí! Por favor, envíenme 2 novelas de amor de Harlequin (1 Bianca® y 1 Deseo®) gratis, más el regalo sorpresa. Luego remítanme 4 novelas nuevas todos los meses, las cuales recibiré mucho antes de que aparezcan en librerías, y factúrenme al bajo precio de $3,24 cada una, más $0,25 por envío e impuesto de ventas, si corresponde*. Este es el precio total, y es un ahorro de casi el 20% sobre el precio de portada. !Una oferta excelente! Entiendo que el hecho de aceptar estos libros y el regalo no me obliga en forma alguna a la compra de libros adicionales. Y también que puedo devolver cualquier envío y cancelar en cualquier momento. Aún si decido no comprar ningún otro libro de Harlequin, los 2 libros gratis y el regalo sorpresa son míos para siempre.

416 LBN DU7N

Nombre y apellido	(Por favor, letra de molde)
Dirección	Apartamento No.
Ciudad	Estado · Zona postal

Esta oferta se limita a un pedido por hogar y no está disponible para los subscriptores actuales de Deseo® y Bianca®.
*Los términos y precios quedan sujetos a cambios sin aviso previo.
Impuestos de ventas aplican en N.Y.

SPN-03   ©2003 Harlequin Enterprises Limited

Bianca™

En la cama con el príncipe…

Seis años antes, Phoebe Wells recibió una oferta de cincuenta mil dólares por marcharse del palacio de Amarnes y dejar atrás al hombre al que creía amar. Pero se negó y ahora que el pasado ha vuelto para perseguirla tendrá que soportarlo una vez más.

El orgulloso príncipe Leopold no está interesado en Phoebe, pero sí está interesado en su hijo, el hijo de su primo, heredero del trono de Amarnes. Leo sabe que no puede comprar a Phoebe, pero podría persuadirla para que se convirtiera en su esposa de conveniencia.

Regreso a palacio

Kate Hewitt

Deseo™

La mujer adecuada

JENNIFER LEWIS

Salim al-Mansur, magnate de los negocios y príncipe del desierto, debía
casarse y proporcionarle un heredero
a su familia. Pero la única mujer a la
que deseaba no podía ser para él.
Su intención había sido mantener una
relación estrictamente profesional con
Celia Davidson, aunque era imposible
estar junto a ella sin sucumbir al deseo. Ya la había rechazado en una oca-
sión, alegando que no era la novia
apropiada. La tradición le impedía
contraer matrimonio con una mujer
americana, moderna e independiente,
y mucho menos tener descendencia
con ella... a no ser que Celia ya le hubiera dado un heredero.

*Era un hombre poderoso, pero ella
dominaba su corazón*

7